覺

尋師身影不是夢

緬懷聖嚴師父圓寂15週年

點燈製作人 張光斗著

覺知佛知見　開悟見空性　傳承中華禪　創立法鼓宗
尋蹤千萬里　亞美歐多國　弟子遍各地　禪法是主修
師古亦師心　心法已傳宗　法脈有傳人　建僧建道場
身弱心力強　體力隨心轉　一生勇猛勝　晚年更美好
影響力深遠　學術教育界　社會宗教界　倡心靈環保
不求生佛國　人間建淨土　提昇人品質　新五四六倫
是空華佛事　建水月道場　弘漢傳佛教　教話頭默照
夢裏有六趣　覺後無大千　縱虛空有盡　而我願無窮

河斗仁者又有新書《覺—尋師身影不是夢》是拍攝
《他的身影II》過程中走訪聖嚴師父走過的弘法教禪的足跡
途中的點點滴滴都在字裡行間透露出懷師感恩的情懷
明白感人其中波蘭馬來西亞旅程中筆者有幸參與
分享師父的教誨及個人心得　今書即將付梓
略懷師父一生所作貢獻感恩不已並略記一二　簡為序

甲辰五月三十　太平繼程並題

推薦序

覺

文——繼程法師（聖嚴師父的第一位傳法法子）

覺知佛知見，開悟見空性，傳承中華禪，創立法鼓宗。

尋踪千萬里，亞美歐多國，弟子遍各地，禪法是主修。

師古亦師心，心法已傳宗，法脈有傳人，建僧建道場。

身弱心力強，體力隨心轉，一生勇猛勝，晚年更美好。

影響力深透，學術教育界，社會宗教界，倡心靈環保。

不求生佛國，人間建淨土，提昇人品質，新五四六倫。

是空華佛事，建水月道場，弘漢傳佛教，教話頭默照。

夢裏有六趣，覺後無大千，縱虛空有盡，而我願無窮。

阿斗仁者又有新書《覺～尋師身影不是夢》是拍攝《他的身影2》過程中走訪聖嚴師父走過的弘法教禪的足跡。途中的點點滴滴，都在字裡行間，透露出懷師感恩的情懷，明白感人。其中，波蘭、馬來西亞旅程中，筆者有幸參與，分享師父的教誨與個人心得。今書即將付梓，略懷師父一生所作貢獻，感恩不已。逐略記一、二，簡為序。

甲辰五月三十　太平繼程並題

推薦序

來掃千山雪　歸留萬國花

文——楊渡（作家）

是什麼樣的因緣，讓聖嚴師父的佛法與理念，仍持續影響著世界？是什麼樣的播種，讓聖嚴師父的弘法之路，不斷開花結果，在他所走過的每一個地方？

追隨著張光斗拍攝《他的身影2》的足跡，我們彷彿重新走了一遍當年聖嚴師父為了弘法而走過的異國道路。他的行跡遍及各大洲，從英國、波蘭、瑞士、到東歐如克羅埃西亞，乃至於以色列、俄國等等。

是什麼樣的大願，讓一個人不顧生病的身軀，願意這樣萬里奔波付出呢？為弘法播種嗎？但在基督教、天主教乃至伊斯蘭教的歐美中亞世界，佛教顯得多麼弱勢。弘法的效果會有多少呢？

然而，聖嚴師父彷彿堅信著，只要播下種籽，就有發芽成長的一天。他不辭艱辛，到世界各地弘法。寒冷的天候、行車的勞頓、素食的張羅，乃至健康偶爾出了問題，要如何應對，都有諸多艱難險阻。特別是後期他身體不好，而信徒仍盡心盡力邀請，他盛情難卻，終究勉力為之。那是多麼深心的大願，才能不顧病體，如此付出？

那些古籍經典中曾記載過的大德高僧如何克服病體的故事，不知道是不是曾在聖嚴師父的身上曾經發生，但他從來也不說這些。他只是像個平凡的發願的佛子，為人間佛教的願望，奉獻一生。

那些看似平凡，卻深入淺出的佛法，那些在道場中苦行傳法的事蹟，更像是在告訴世人，我們堅信，我們實踐，是為了更美好、更善良的願望，是內心的實踐，是無所住而生其心。

在這本書中，我們遠望著阿斗的拍攝團隊，重走一遍聖嚴師父走過的路，追尋他的身影，卻看到某一種更為深刻的因緣，因為當年播下的種籽，已結成善果。那善果在道場，在禪修，在法子的聚會裡，但更多是在人心。

唯有人心，讓美與善的因緣，在世間不斷流轉，不斷傳揚。

這讓我想起聖嚴師父談過的「慈悲的三種層次」：生緣慈悲、法緣慈悲、無緣慈悲。生緣慈悲意指對有形生命、具體對象、有情眾生的慈悲。法緣慈悲是一體平等，不分眾生的慈悲；而無緣慈悲則是不分對象，不記掛自己，不記掛受施者，也不記掛有過的善行，無分人我，也不分善行，無一切相，如飛鳥過長空，過後空無一物，只留著原有的雲朵。一切無痕，是為無緣慈悲。

當阿斗重訪當年師父走過的道場、禪堂，如今的法子依舊思念著聖嚴師父的身影，而更重要的毋寧是實踐人間佛教的心念。他們在不同的國度，不同的環境，不同的人生境遇，仍精進修行佛法。可以想見，這麼多風俗民情迥異的國度，聖嚴師父當年的到臨，是多麼殊勝的因緣。他要克服種種困難，尋找場地，在異國帶領佛子打坐修禪；他的說法開示，要超越語言的隔閡，要超越信仰的差異，要超越風俗民情的特殊性，更要超越國界的思維局限，以及不同佛學程度的學子的認知，要平凡，更要深刻，才能打動人心，要去帶領每一個人的心，走向慈悲佛國。對一個老師，那是多難的功課啊！

在聖嚴師父的身影裡，我們看到他如同溫暖的春風，安靜柔和地吹過，在每一個人的心中，種下善的因緣。他彷彿不留痕跡，而溫暖的和風，卻已讓大地春暖花開，生機盎然，帶來希望與光。這讓我想起清袁枚寫的〈春風〉一詩，甚為貼切：「春風如貴客，一到便繁華，來掃千山雪，歸留萬國花。」

這或許正是「無緣慈悲」最好的見證。

謝謝阿斗兄，謝謝果賢法師，謝謝法鼓山，在疫情之下，仍願意突破出入國境的一切重重困難，發願到世界各地，去踏尋師父的身影。此書有不少記錄了阿斗在各地採訪，受苦受難，進退兩難，卻又偶遇幸運過關、絕處逢生的場景，在他的生花妙筆之下，特別鮮活有趣。

我相信，在未來《他的身影2》的紀錄片中，我們不僅會看到聖嚴師父的身影未曾消失，更將感受到他的信念與慈悲，鮮活地映現在異國他鄉；在不同語言、文化、民情的城市與鄉村；他的身影，更像是「無緣慈悲」的春風。當春風拂過天地間，不留痕跡，「三輪體空」，而溫柔的慈悲心，卻已無所不在，繁花盛開。

自序

是夢，也不是夢

師父的晚年，最後一次飛紐約，在象岡道場。某天下午，師父開了寮房的紗門，準備進禪堂；師父使勁地要將腳套進僧鞋裡，但或許水腫，腳面變寬轉厚，雖然前腳擠進去了，後腳跟卻卡住，一直在原地蹭著，始終無法順利穿進去，所有的人都站在一旁，就這樣看著師父。我這急性子，連話都來不及說，立馬蹲了下去，以食指與中指將僧鞋的後幫子往後拉，師父的後腳跟便順勢的滑進了鞋裡。師父輕輕跺了一下鞋，回過頭，笑著扔了句話給我：「果然還是阿斗啊」。

另有一回，也是紐約的象岡道場，正在召開北美年會，美國與加拿大分支道場的召委與負責義工，約莫七、八十位，齊聚一堂，交換彼此舉辦活動的心得、展望未來，並聆聽師父勉勵的開示。禪堂裡，攝影師阿良負責拍攝，我心想年會與我無關，就坐在很遠的蒲團上，低著頭寫我的東西。忽然，我被全場義工們的哄堂大笑給吸引了，抬頭一看，所有的人都回頭看著我，頓時，滿頭霧水傾瀉而下。

師父見我回過神來，就指著我，又重複了一回：「你們說，阿斗是不是個好侍者啊？」（我那時還身兼師父海外行腳的廚師，專門為師父烹煮熱食）全場又笑了起來，有人回答說是的；師父立刻大聲的說了答案：「不是。」這一下笑聲頓時銳減，師父隨即補充了一句：「如果說是的話，立刻就有很多枝箭會射向他了。」而後，師父繼續開示，話題不再與我有關，我這才發現，我的兩眼已經隨著師父的那句話朦朧了起來，那是種百味雜陳，難以一言道清的意外、慚愧、傷感、慶幸等混淆成一氣的激越情緒，原來許多事，師父全都看在眼裡；我不知轉彎，有話直說，得罪人卻不知的習性，除了容易招忌，怕是惹過不少是非口舌，師父怎會不知？但是師父從未跟我提起過，原來都被師父擋了下來。人說「士為知己者死」，我只能低下頭，下意識地握緊拳頭，跟自己吶喊，今生何德何能得以遇見師父？師父對我的恩澤，我如何得以回報？

同樣還是在象岡，師父帶著險惡的病體，拚了老命地盡形壽、獻生命，不但要主持國際會議、帶禪十，一有空還要大筆揮灑墨寶，準備為興建的法鼓學院勸募建設基金。一向頑劣不群，不受控制的我，因為出言不遜，被師父嚴詞責備，我有如闖了大禍的孩兒，只想把自己藏起來，無顏去見師父。次日，師父竟然把我叫到一邊，好言撫慰，並低聲呵護：「怎麼師父才說你兩句，你就不肯來見師父了？」我著實啞了，只能咬著下唇，一味地搖頭；師父又說：「你帶阿良來做記錄，一路辛苦了，要注意身體，不要病了。」眼前有如紙片人的師父，瞬間模糊到只剩一層影子；關鍵時刻口拙的我，縱有一千句、一萬句的悔恨想傾倒而去，卻全數橫塞在喉嚨，徒然激出了懊惱的淚水罷了。

不知哪一世行過善，積了福德，我今生幸運，得以享有殊勝福報，陪在師父身旁，以十二年的時間，行走了二十幾個國家與三、四十個城市，不但做了文字記錄，還存留下影像部分，沒有讓師父四海散播禪佛法種子的苦勞空白蕩盡；如果這也算是我這一世成績單上的一個小小紅圈，那麼，我期待，並夢想，這紅圈得以成為來世繼續追隨師父學佛、精進的資糧與信諾。

多年來，我去過許多社團、道場演講，每到互動時間，經常被問到的是我究竟掌握了什麼先機？可以被師父欽點，成為師父海外行腳的記錄者？雖然回答過無數次，但我對那個關鍵時刻的記憶卻是越說越鮮明，師父見到我舉手時所露出的欣慰笑容，就是光華四射，藹然溫和的一輪明月。

一九九五年三月的某一天，接到廖今榕秘書的電話，要我去農禪寺開會。是日，才走進會議室，就發現多位電視台的大員，原來都是師父的皈依弟子。師父開宗明義，說明有很多信眾建議，法鼓山應該不落人後，也能成立自己的電視台；師父對此有很多疑慮，希望聽聽業界弟子們的意見。之後，師父繼續提及，為了推廣漢傳禪法，師父去到很多歐美國家，就連南美的智利都去過，但從未有人記錄；師父又說，兩個月以後，師父不但要回紐約「東初禪寺」帶領一個禪七活動，接著會飛往英國，先在威爾斯主辦一個禪七，報名的都是當地的教授、醫師、教授；然後應邀至布里斯托大學演講，結束後再到倫敦做一場公開演講。師父接著詢問在場的所有弟子們，不知道是否有人可以陪同師父沿途記錄？

師父發問後的會議室，忽然急凍起來，空氣化成冰，倏然消失了所有聲響，人人都低下了頭，或是思考，或在猶豫，我當然也是低頭的一員。就在電光石火的剎那，有三個念頭忽然穿越過腦際：

一，怎麼辦？師父都已開口，竟然沒有人舉手？

二，跟師父出國一定很好玩，可以遇見不同的人，聽到不同的故事。

三，我在華視製作的「點燈」節目很單純，可以事先多錄幾集存檔，跟師父出國半個月，問題應該不大。

於是，我舉手了。

熱切等候弟子反應的師父，看到我舉手，歡喜地說：「好啊！光斗菩薩可以一起去，很好，會後請留下來，我們再來研究出國的相關行程。」散會後，幾位師兄過來拍拍我的肩膀，表示讚許；而後，便與師父做了初步溝通，師父表示，我那趟所有的旅費以及工作人員的費用，全由師父負擔；我睜大眼的猛搖頭並言明，既然要發心，經費當然全都由我自行負責（其實我當時是以小人之心度君子之腹，當時的念頭是可以有自主權，不會被師父牽制；事實上完全不是那回事，因為不受教的習性作祟，我沿途被師父修理慘了）。

我事後得知，師父早已將「沒人做的事，就我來吧！」這句話，作為教誨弟子主動奉獻、利益他人的自在語；殊不知，那回倉促、衝動的舉手，居然為我下半生的履歷，開闢出一條景觀與視野截然不同的菩提步道。

與師父出國的第一回，我事後剪輯出名為《四海慈悲行音》的紀錄片。但我心知肚明，無論是公是私，我的表現無一是處，我怕是要被師父列入無法馴服的劣徒名單中了。

萬萬沒想到，沒過幾個月，師父又把我找去，要我負責製作一個弘法的電視節目（也就是在中視製作十年的《不一樣的聲音》，邀請各行各業的菁英人士與師父對談）。

師父每年春、秋兩次海外弘法的行程，我都帶著攝影師隨行，影像的記錄，剪輯在《不一樣的聲音》節目中播出；文字部分，我則以「阿斗隨師遊天下」為專欄，在《人生》雜誌上連載。也就在這前後十二年隨侍師父的過程裡，忙碌的師父也身兼我個人的「訓導主任」，無論我說錯話，做錯事，甚至態度有異，師父都不厭其煩地糾正、訓斥我；最是嚴重時，師父還當眾責備我，那一句「阿斗啊！你跟了我多少年啦？為什麼一點長進都沒有？」成了我日後言行舉止的緊箍咒，哪怕我累劫累世攢積的惡習竄慣時有發作，我也養成了懺悔、反省的習慣，絕對不可掩隱，更不許寬貸！

師父圓寂三週年時，我與團隊拍攝了十三集《他的身影》紀錄片，以師父弘法西方的中心點紐約，以及在大陸奔走的行腳作為經緯，縱然過程不順遂，結果不完美，但也算一償我身為弟子的夙願。接著下來，許多善知識都持續觀望著，師父在歐洲、東南亞、澳洲、中美、日本等地，辛勤播種的結果呢？師父已經示寂多年，為何一直不見我有所行動？面對類似的詢問，我總是以一記微笑，外帶一句「等候因緣成熟」輕輕帶過，我終究無法大聲吶喊出來：「我連做夢都夢到已經開拍了，可是因緣終究沒到哇！」

直到《度～聖嚴師父指引的33條人生大道》一書出版，竟促成了等候十年的具足因緣，《他的身影2》紀錄片影集，終於可以順風出航。第一趟波蘭、英國拍攝回來，果賢法師就立刻叮囑，此行尋找師父身影途中的所聞所觀所思，都要寫成文字，在《人生》雜誌上披露。果賢法師隨即詢問，此一專欄的題目為何？我不假思索地回答：「尋師有夢」。

這一寫，可不得了，像是關不緊的水龍頭，涓涓滴滴，沒完沒了，僅是波蘭、英國就各自連續四篇；《人生》雜誌的主編還真是慈悲，竟然放手讓我將夢想成真的激動，全都化現為文字。等到第二趟出發，我才憬悟，不能再如此放任自己滔滔不絕地喃喃自語，讀者怕要有「審美疲勞」的哀嘆了。於是規定自己，每個定點，頂多兩篇，再有想法，也得節制，

二〇二四年六月，《人生》雜誌的主編演穩法師，與我研究專欄的後續發展；法鼓文化出版處的總編輯陳重光也很快的寫信給我，居然樂見其成，大器到願意將「尋師有夢」專欄的文字，讓給出版《度～聖嚴師父指引的33條人生大道》的時報文化來出版。收信的當晚，我激動到輾轉反側，難以成眠；我想破腦袋都無法相信，佛菩薩會如此加被，就連出版「尋師有夢」的文字，都能毫無障礙的夢想成真，原來尋師身影果然不是夢，這一份覺察與覺知，豐盈了我整個生命。

《覺～尋師身影不是夢》一書得以出版發行，首要感謝法鼓山總本山、海內外分支

道場所有的法師與志工們，還有《人生》雜誌發行人果暉方丈、社長常遠法師、總監果賢法師、主編演穩法師、總編輯陳重光，為本書寫序祝福的繼程法師、好友楊渡、時報文化出版的趙政岷董事長、主編林正文、封面設計沈家音，疫情間跟隨我在十個月裡，走遍十數個國家、二十多個城市的《他的身影2》拍攝、以及幕後出謀劃策的眾多同仁們。當然，也包括為我每一本書加油打氣，四處推廣、結緣的好同學、師兄姐，以及親愛的讀者們。

還有，特別感謝《他的身影2》的主題曲作曲黃韻玲與主唱齊豫，不但無償付出，還自掏腰包租借錄音室並支付主題曲和聲的費用。

只要有心，人生肯定有夢；若是夢想能夠成真，會如破殼而出的鳥雛，以呱呱的啼聲，為生命的豐盛、奇遇而謳歌、詠嘆。

當然，此書得以在聖嚴師父圓寂十五週年的「教師節」出版、面世，已然年過七十的老鳥～我，忍不住地也要以沙啞無華的嗓門，大聲激情地歡唱起來！

目錄

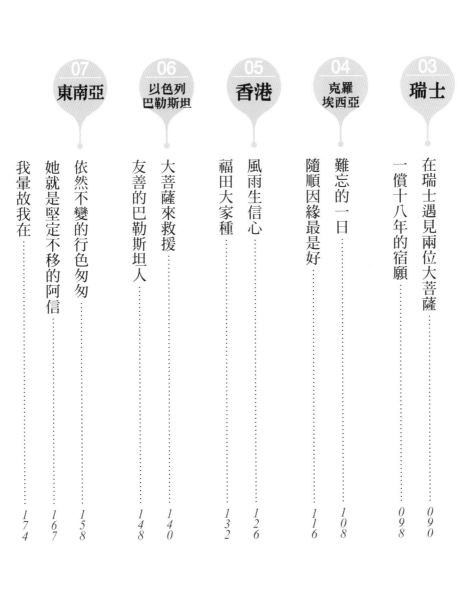

緣起

十年一覺尋師夢

這個夢，做得可長了，長達十年；差點懷疑，此夢怕難成真。所有的轉折，出現在二〇二二年初春出版的拙作《度～聖嚴師父指引的33條人生大道》。

那天，我帶著新書，前往法鼓文化，有請副都監果賢法師指正。因為疫情，難得的，會議室的長桌上，沒有昔日般的熱鬧，缺了咖啡點心水果與茶，只有戴著口罩的清談。席間，法師問我幾歲了？我答，已七十了；可以想像，口罩的後面，法師一定張大了嘴。停了幾秒鐘，像是倏然回過神，法師說，在他的印象中，我應該屬於那種不會老的「young boy」，怎麼一口氣就頂上了七十大關？

沒過幾天，新書發表會在臺北市徐州路的市長官邸舉行，果賢法師陪同為這本書寫〈推薦序〉的法鼓山方丈和尚果暉法師，蒞臨致詞。發表會的程序，進行得非常順暢，等到法行會會長王崇忠、陳瑞娟賢伉儷上台後，瑞娟師姊忽然開口道，這麼多年了，她與許多師兄姊每次有活動上山，都在車上觀賞《他的身影：聖嚴師父弘法行履》影集，透過此一影集，眾人就算看過十次以上，還是會被聖嚴師父辛勞的在歐美各地散播漢傳佛教種子的悲願，次次都感動到熱淚盈眶。但是，眾人始終都在期待，《他的身影》續集在哪裡？何時得以看得到？誰知，這一等居然就十年了？她也想藉此機會，代替所有關心的人，詢問已經七十歲的我……。

《他的身影2》有影？

發表會結束後，果賢法師立刻約我到雲來寺開會，首要目的就是商談《他的身影》續集的籌備與拍攝事項。法師開門見山就說：「沒想到才一眨眼，光斗菩薩就七十歲了，許多事不能再蹉跎，尤其是與聖嚴師父相關的事。」真沒想到，放置在船塢裡，久候著的，要再次尋訪師父度化眾生步履、身影的船隻，竟然就被推了出來，在和煦陽光的照拂下，閃爍著熠熠神采。

《他的身影2》的企畫案，火速端了出來，第一季節目的幾位顧問：二毛（段鍾沂）、鍾明秋都準時聚集在雲來寺，陳韋仲因另有要務以書面意見替代。想當然耳，大家對這個勢在必行的案子，都懷抱著樂見其成的滿滿祝福，其間，苦口叮嚀是必不可少的。我在會議中，看著這些老悅眾的面容，忽然有種超越了相識數十載的現實感受，彷佛，我們都厚存了累世所積攢下來的好因緣，才能在今生相聚一堂，同心共願地來促成這件殊勝的尋師身影計畫。

《他的身影》第一季的主題，大都圍繞著聖嚴師父在美國與中國大陸推廣漢傳佛教、教化人心、深化教育的重點上。如今，《他的身影2》再次蓄勢待發，我們以師父在歐洲、中美、澳洲、東南亞的行腳作為主軸，讓觀眾看到師父昔日交付的傳承大願，今日展現的會是何等光景。一旦攤開來，英國、瑞士、波蘭、克羅埃西亞、以色列、俄羅斯、澳洲、新加坡、馬來西亞、泰國、香港、日本、墨西哥等，總共十四集。

老實說，不在乎自己年紀的說法是騙人的。近年來，因為身體零件的老化，我漸有力不從心的感觸，就連心臟的毛病都成了隱患，隨時會帶給我猝不及防的威脅；是故，我將周邊的事物盡量簡單化，就連人際關係也跟著有了積極的削減，除非是與法鼓山以及點燈文化基金會有關的，我大多能躲就躲，只想過得單純、自在些，如此而已。

說也奇怪，一旦觸及《他的身影2》，我果真如果賢法師所言，回到了「young boy」年代，不但熱情再度火烈般燃燒起來，任何與體力、健康的顧慮都被扔到了九霄雲外去，我又如孫猴子一般，一個觔斗翻滾，瞬間綻放出無窮無盡的活力與決心。

另外，讓我吞下返老還童靈藥的，也是果賢法師當時在閒聊時，問我打算何時退休？我未加思考便回答：大概做到最後一刻的無常來到時。法師立馬讚歎道：「恭喜光斗菩薩，這表示你以後不會遭到老人失智，或是長期臥床的困擾了。」收到這副靈藥的當下，我的心頭還真是喜孜孜的，沒想到我下意識替自己規畫的人生道途，居然還有如此豐厚的附贈獎品可以領受。如此一來，更是堅固了我奮力向前的意志。

在集結企畫、導演、攝影、口譯等團隊的同時，已是六月份，我打好的算盤是利用往後大半年的時間，做好所有籌備內容的前置作業，如果一切順利，應該可以在二〇二二年底開拍。就在同一時間，我接到幾位法師與熱心居士們的訊息，果元法師七月在墨西哥玉海禪堂，會有一個禪七活動；繼程法師會自七月中下旬，於波蘭的華沙大學藝術學院，帶領一個直到八月下旬的「禪二八」活動，那都是當年聖嚴師父費力耕耘的舊土，但我都以籌措不及為理由而立刻擋了回去；果賢法師非常尊重我，同意我所做的任何決斷。

我將繼續做夢

一直到某個夜晚，我已躺下，準備入睡了，忽然有個念頭蹦了出來：不都說是活在當下嗎？疫情當下，亂世如麻，歐洲的戰事、水旱災等天災人禍交替，誰能預知明年的世界會是何等景況？如此的一線靈光，粉碎了我原先自以為是的執著，我立馬決定，計畫改變，八月中旬，我們提前躍馬歐洲，目標就是華沙。

次日，聽到我的報告，果賢法師依然是滿口祝福地高舉起同意的招牌，但我知道，法師的重擔也隨之加重加劇，法師必須在極短的時間內，要完成前幾集歐洲之行相關的行政流程。至於團隊，當然是哀號聲四起，但也無法撼動我的決斷。本著成本估算，一趟往返歐洲的機票，一個經濟艙座位居然高達八萬餘元；這個天價，雖然無法動搖我們的出師計畫，但也該做出最合理的運用，才能不負來自十方的涓流善款。於是，英國理所當然地被我們列入波蘭之後的拍攝地點。

聖嚴師父曾先後去過英國四趟，我是一九九五年在師父第三次前往時才跟上的。我們團隊的口譯張璨文教授，在師父行腳新加坡、澳洲時，曾擔任口譯；她的行事風格積極且果斷，不但為我們聯絡起波蘭、英國等所有的人與事務，就算我開出的無理要求，例如，我堅持要找到一九九七年，師父在華沙帶領禪修的那所設備不齊全，以致讓師父

1

2

3

1 因《度～聖嚴師父指引的33條人生大道》新書發表會的因緣，促成了《他的身影2》的開拍。（李東陽 攝）

2 張光斗與《他的身影2》團隊準備飛往歐洲，繼續「尋師身影」

3 《他的身影2》團隊飛抵波蘭華沙，將展開聖嚴師父於波蘭弘法足跡的追尋。（陳漢良 攝）

染病的禪修中心；以及師父在英國布里斯托大學演講的舊場地及相關人士。她都能排除萬難，一一找到解碼，尋到聯絡的窗口。

英國的工程更是浩大，時隔二十餘年後，當時跟隨師父一同禪修，替師父看病、目睹師父輕功妙法地退卻找碴人士的關係人……真是好一個上山下海的大工程。就連在英國期間的移動工具，都是頭疼問題，如何租車？租賃何種車才能載上我們團隊六人與龐大的攝影器材？就算找到合適的車，又該找什麼人來代駕？（英國是右駕，與我們的習慣相反）……

看似稀鬆無奇的一些故人舊事，平淡無奇的日常細節，一旦搬動起來，如果缺乏過人的身手與毅力，很難想像它的艱難與繁瑣該如何跨越；所幸，天可憐見，佛菩薩與師父賦予團隊源源不絕的信心與耐力，讓我們終於得以拾起行囊，無憂無懼地在舉世不安的氛圍中，踏上了時隔十年以上的旅途——探訪師父掬盡畢生心力，將漢傳佛法散播到的那方遙遠國度——歐洲。

尋師有夢——我的夢，相信也是萬萬千千的您，所殷殷期盼的同一個夢想。

「大乘佛法，必須有出離心和菩提心，彼此配合，
才能夠去我執而得解脫，發悲願而度眾生。」
——聖嚴師父

01
波蘭

1997.05.07-14｜華沙禪堂國際禪七
1997.05.15｜華沙生命科學大學演講

蕭邦機場不見蕭邦

波蘭

二〇二二年八月十七日：憶師行啟航

盼呀盼，終於盼到了這一天。

瞞呀瞞，終於瞞到了這一天。

九十歲的老母親，很會找事情煩惱，這是耳聰目明老人家的通病吧？如果我往後活到這歲數，拜託，千萬不要如此，太累了。

為了擔心老母親提前煩憂，我與同修商議後，決定臨行當天再告訴她，我要帶隊去波蘭、英國拍攝《他的身影2》影集。

等到當天下午終於坦白了，老母親的反應卻雲淡風輕，令我意外加三級；她的一句：「喔！是師父的事啊……」瞬間將所有的不安與疑惑都轉交給佛菩薩，一派輕鬆自在，好像俗塵憂煩都與她無關。

許久不見義工老莫。老莫是個熱情有趣的人，來自香港，去不掉的粵式國語腔調，就是他的註冊商標。老莫年輕時，與妻子認真打拚，白天將幾個月大的女兒托給鄰居照顧，等晚上下班再領回家。不料，鄰居某日餵女兒喝牛奶時，不慎讓女兒嚴重嗆傷，腦部缺氧過度，變成長期臥床。

後來老莫的妻子病故，他帶著兒子謀生不易，開起計程車。如今兒子已大，在基隆開設餐廳，他與後來遇見的老伴，也圍繞著孫兒，認真過活。我心想，就搭老莫的計程車去桃園機場吧，路上也可以與他聊聊，關懷他的近況。

出了家門，上了老莫的車子，不到三分鐘，經過榮星花園，老莫指著前方的第一殯儀館，沒有任何悲傷情緒地跟我說，女兒此刻就在那裡……我一下子沒有會意過來，老莫才告訴我，兩天前他已經臥床三十二年的女兒，在送醫後，忽然過世，他很快地處理好女兒的後事，此刻，內心平和，覺得與女兒的今世因緣了結了，女兒解脫，他的重擔也放下了。他又說，這一天剛好可以外出透口氣，沒想到就接到我的電話。

我跟老莫說，感謝佛菩薩，沒想到才要出門，適巧關懷了老友，因而，耳畔即刻升起當日下午在家誦持《地藏經》中的一段經文：「汝觀吾累劫勤苦，度脫如是等難化剛強罪苦眾生。其有未調伏者，隨業報應。若墮惡趣受大苦時，汝當憶念吾在忉利天宮殷勤付囑，令娑婆世界至彌勒出世已來眾生，悉使解脫，永離諸苦，遇佛授記。」

出國拍攝影片，最難的就是攝影器材，所謂「工欲善其事，必先利其器」。雖說現在的攝影機已經進化許多，不再是以往的「大傢伙」，但其他如腳架、電池等器具加起來還是相當龐大。是故，雖是夜間十一點多的航班，我們六人小組相約八點半在機場集合，分擔重量，才好順利托運行李、上機。

國內的航空公司規定，所有的乘客全程都需配戴口罩，哪怕是用餐時刻，也希望與左右乘客輪流脫口罩，以避免不必要的空氣接觸。上機時，穿了同修幫我準備的防護3D外套，猛看像是太空人，還真是有點酷，惹來許多同機乘客訝異的眼神。等到飛機起飛後，我把頭罩取了下來，老實說，那頭罩讓我有點頭昏腦脹，看來我還真是沒有資格當太空人。

在新冠疫情侵襲世人之前，飛往歐洲的機票頂多三、四萬就可成行；我們這趟由臺北飛波蘭，轉倫敦，回臺北的經濟艙機票，居然要價八萬多元：可見，舉世的人心、商業、經濟……受到疫情的影響，是多麼地深刻與紊亂。

二〇二二年八月十八日：蕭邦的祖國波蘭

飛了十幾個小時後，飛機降落在我們此行的轉機處——阿姆斯特丹。

下機時，艙門等了二十分鐘以上才開不說，還要先下扶梯，登上接駁巴士，將我們轉載至另一個入出境大廳，辦理轉機手續。我立即想起，過往的歲月裡，聖嚴師父與我們奔波於海外弘法，經常要如此折騰；往往，接駁車裡塞滿了旅客，師父的臉上滿布著倦容不說，瘦弱的雙手還要抓著吊環，以防車輛在行進中突然出現的煞車與轉彎。我會在空隙中，故意找話與師父聊，甚至搬出日語來逗師父，想要調和師父的疲累與倦意。這一趟，師父雖然沒有同行，但是每一次的回首，師父的身影都牢牢地定在遠處，那是我們此行尋訪的不滅圖騰，如何能夠忘記？

沒想到，過往寬鬆的轉機手續，這次迥然不同，是不曾有過的經驗。倏然迎面而來的，不但是檢驗轉機旅客隨身行李的隊伍又多又長，一排就是兩小時，就連檢驗護照的關卡也排隊了一個多小時；有趣的是，戴口罩者只有我們六人，以及極其少數的亞洲人，其他的旅客都像是回到承平時一般，整張臉清爽露白，顯得既輕鬆又自在。

依照原定計畫，我們抵達波蘭華沙的蕭邦機場，將行李送至下榻的旅館後，立即就要前往繼程法師領導的禪修地點——華沙大學藝術學院，沒有時間用當天的中餐，於是，我們就在轉機的一間餐廳，完成當天的早午餐。雖說大家因旅途勞頓，胃口未開，只各自拿了飲料與麵包或三明治，但是六人的花費就要一百歐元，超過臺幣三千元，每個人很有默契地露出驚訝的表情。

波蘭航空還真是會誤點，我們在機場幾乎多等了兩個小時才得以起飛。飛機在華沙蕭邦機場降落後，我們魚貫前行，尋找審查護照的櫃檯，卻反被人潮帶往到領取行李處。等候的時間太長，我們七嘴八舌地談論：「為何先拿行李？難道提取到行李後才審查護照？」

然後，有人反映，既然名之為「蕭邦機場」，為何枯等行李這麼久，耳邊卻沒有蕭邦的音樂？我心想，對啊！這是進入波蘭的第一關，總該讓我們切膚體會一下蕭邦的祖國，是如何以他的作品來迎接遠來的客人，以及返鄉的家人，不是嗎？疲累中，我自己的腦袋自行播出了一首蕭邦的《夜曲》。

行李總算盼到了，我們七手八腳地查點行李，全都如數到齊後，又跟著其他旅客前進，然後，發現出關了！啊！為何……為何沒有審查證件？如果護照上沒有入境的印章，我們日後出境時，是否會被刁難？隨行的口譯張璨文教授，焦急地去問人，還要聯絡來接我們的旅行社人員。結果就是牽涉到歐盟的《申根公約》，我們已經由荷蘭的阿姆斯特丹入境，就如同已經入境波蘭了（但是，一週後，我們由波蘭飛往英國，無論出華沙或入倫敦，卻又要檢查證件了）。

無論是在機場等候、飛行途中，乃至任何空檔，只要一有念頭閃過，我就趕緊拿出隨身的小筆記本，將沿途憶起師父的一言一行，以及自己的感受，隨手記述下來。我一向喜歡閱讀師父書寫的遊記，經常在人事物的接觸上，如流水般潺潺道出具有禪意的感受，在平淡中讀出大道理。後來，師父說既然我已經在《人生》雜誌上連載「隨師記行」專欄，師父就不寫了；我立刻哀求師父，師父寫的不一樣，哪是我那粗鄙的文字可以比擬？師父搖搖頭，硬是否定了。我因而有幾分失落，代替所有喜愛閱讀師父遊記的讀者們惋惜。

時隔二十餘年，繼「隨師記行」專欄在《人生》雜誌連載後，「尋師有夢」得以再次續上，每個月與讀者見面，真的是無法預料的意外轉折。人生果然奇妙又豐富，誰都無法預知自己的明天將會遇上什麼人？又會觸碰到何種深沉於記憶長河中的某一塊不動如山的往事？

1

2

3

1 飛往波蘭，須在荷蘭轉機，攝影小組一行人搭機場巴士前往轉機處辦理手續。

2 飛往波蘭，須在荷蘭轉機，湧現證件檢查的排隊人龍。

3 因疫情關係，加上暑假，機場滿滿的人潮等待通關。

時光！請停佇下來！

二〇二二年八月十八日：別逃相助

俄、烏戰爭的影響，整個地球皆無法倖免，都受到經濟、物價、心理等各式影響，就在此一氛圍中，我們抵達了波蘭。

都說波蘭的物價在歐洲算是較為平和無浪的國度，但是我們首當其衝的，就是要面對物價的考驗。飯店的早餐是六十波幣（約合新臺幣四百多元），我們都默默點點頭，嗯！可以接受。但是，一碰到出租的計程車，瞬間卻立刻舉手投降。

出發前，波蘭禪二十八的主辦人帕威爾（Paweł Rościszewski，我當年就為他取了個「怕我」的外號）說，他很忙，所有入境後的飯店交通事項，都請我們自理，只是介紹了一部九人座的小巴；但對方索價四百美元一天，把我們的口譯張璨文教授嚇得趕緊婉拒，自己在網路上尋找各種管道。

難為了張教授，她真如女媧補天般，一件件耗費心力、撓頭燒腦的難關都被她一一克服，例如聖嚴師父一九九七年在波蘭帶領禪七的舊禪堂、距離機場較近價格合理的飯店、失聯的波蘭悅眾……都在行前安排妥當，唯獨由飯店前往禪修地點（華沙大學藝術學院，ASP Dluzew）的交通問題，始終搞不定，最後決定臨時叫計程車吧。我們的攝影器材原本就多，加上團隊六人，當然要叫兩部計程車；等到上了車，開始奔跑了，計價的跳表隨著車速不斷加快，結果，一個小時過去，大概是臺北到新竹的距離，兩部車外加來回，就要一千四百元波幣，超過新臺幣一萬元，把張教授心驚到拉肚子的程度。

兩天過後，發現這不是個辦法，就把腦筋動到熟識的比塔（Beata，我幫她取了個「別逃」的綽號）頭上，她是「老悅眾」，追隨聖嚴師父在歐美各地參加了二、三十場禪修活動，當年也是她夥同「怕我」，以及另一位悅眾，親自前往英國參加禪修，並當面邀請師父前往波蘭弘法，還堅持成立波蘭的第一個漢傳禪修協會。近幾年，「別逃」因故與當年一起發心的悅眾，都離開了協會。我們原本就與「別逃」約好，在禪修活動的拍攝工作結束後，一同見面敘舊。

我建議，不妨問問「別逃」，她一向熱情有勁，或許會有不錯的人脈，可以介紹價錢合適的車輛。果不其然，「別逃」就是別逃，她立馬找到一部七人座的廂型車，每天載運我們來回，還可半途移動，一天八小時，只要六百波幣，這一下，張教授與所有的成員都舒心了，也對我口中的「別逃」有了分外的好感。

我們的攝影組阿良與阿峰，這趟攜帶的器材不但多，還多出了空拍機。當寶劍第一次出鞘，在禪修道場的天空嗡嗡飛翔過後，那一連串鏡頭的流轉飛馳與格局廣大的視野更替，竟也會感動人到眼眶濕潤的程度，我甚至已經看到《他的身影2》的影片剪輯過後，所能獲得的迴響。畢竟，任何文章或是影片，創作者若是無法先感動自己，又該如何去觸動他人呢？

我們抵達禪堂的時間，全在事前規畫的掌握中，剛好是禪眾戶外經行的時段。華沙大學藝術學院雖然距離市區頗遠，但環境清幽，不但有參天的大樹，碧綠的草坪、廣場，還錯落著各種雕塑作品。正當攝影師們追上禪眾的腳步，開始拍攝，主持禪七的繼程法師剛好也步出主樓的前廊，稍斜卻依然微熱的陽光，全然灑在法師合十的手掌，以及帶著笑容的臉上。

二〇二二年八月十九日：跟師父說聲「謝謝」

這是個異常忙碌的一天。因為是禪修的最後一日，過午就結束，禪眾將分別賦歸，我們一早五點就起床，摸著黑，趕赴禪堂，拍攝晨間的打坐、禮拜等鏡頭。

繼程法師在禪修期間，遇有空檔就寫字繪畫，禪修結束時，順便開一個小型展覽，義賣所得就交給主辦單位作為下次活動的預備經費。是日，早齋過後，繼程法師就領著我到他位於禪堂另一側的臨時畫室，展示了法師所寫的《他的身影2》墨寶，並以我的名字綴成一副對聯：「陽光普照日行道，北斗指引夜歸途」，致贈給我；這也是法師給我的鼓勵與勗勉。

隨後，我們在戶外訪問了三位悅眾菩薩，都曾跟隨著師父打過多次禪修的悅眾：波蘭禪修活動的負責人帕威爾、曾為師父開示擔任英文翻成波蘭文的雅切克·馬耶夫斯（Jacek Majewski），以及遠從瑞士趕來，二〇〇八年被聖嚴師父允許，得以在歐洲帶領禪修的希爾迪·塔爾曼（Hildi Thalmann）。他們每人的成長、家庭、事業背景都不同，但都同樣在師父座下修習禪法。

針對每人的特質，問過不同的問題後，有一個共通的話題，我都會在最後問及：「如果師父還在，此刻又坐在您的面前，您會有什麼來不及說的話想跟師父說？或是有什麼問題想請教師父？」

帕威爾曾是心理醫生，後來覺得此一行業賺不到錢，轉而成立建設公司；幹練且圓通的他，在我問過問題後，停留了不短的時間，努力在思索，然後輕輕嘆了口氣道：

「感謝！我只想跟師父說聲感謝……」

多年前自醫生崗位退休的希爾迪，原本在我們訪問區邊上的大樹下打坐，等到輪到她了，居然四處尋找不見，才要準備放棄，她又自遠處快步過來，腳步之勇健、堅定，根本不像是已逾八十歲的老者。希爾迪仰頭看了看天空，說了許多她對師父感謝的話，尤其感謝師父改變了她曾對生命的迷惘與無助。

坐著的雅切克，起先像是在思考著應該使用什麼樣的語句，但是他忽然晶亮著藍色的眼珠，摯誠地面對著鏡頭，接連做了三個向虛空頂禮的動作，那真是此時無聲似有聲，任何的語言都成了多餘的贅飾。

訪問他們三位，成了我的苦差事，尤其是這最後一個問題，三位的反應與態度，都惹得我想盡辦法的咬緊牙根，彷彿才能拴得緊我的淚腺，沒有當場失態，但還是讓眼淚在乾眼症的眼眶裡泛濫成災。

趁著禪眾最後一次集合在禪堂裡，我將代表僧團攜往波蘭的師父手書墨寶「人間淨土」的直幅以及師父的法照，致贈給帕威爾；同時也將方丈和尚果暉法師在我們臨行前，親自錄製的一段錄影談話，播放給全場的禪眾收看。處於俄羅斯與烏克蘭的戰爭硝煙中，果暉方丈特別祝福歐洲的菩薩們，只要心中有佛，隨時與佛在一起，努力精進，相信一定可以心安平安，過好每一天。方丈並且歡迎大家有空回到法鼓山走走，就像是回家一樣。看完方丈和尚的錄影開示後，現場揚起如雷的掌聲，顯然大家都受用了。

二〇二二年八月二十日：沒有師父的團體照

一大早，還是天未明，我們就離開住宿的華沙諾富特酒店，前往禪堂，為的是要拍攝禪眾分別賦歸的鏡頭。以往跟隨著聖嚴師父到世界各地弘法，主持禪修活動，最後一天的最後一刻，就是拍攝團體照。我最是歡喜這一刻，每回與攝影團隊站在師父與禪眾集合處的對面，讀著每位禪眾臉上漾開的歡欣、滿足面容，與師父疲累卻光亮著的表情相互輝映，那就是世間最為美好的寫真，寫出人心最是美善、純真的永恆剎那；我每回都一樣，多麼希望，時光，就此停佇下來，莫再向前狂奔。

這一回，在波蘭華沙禪修的團體照拍攝時，我不再如過去，只站在對面，而是有幸的走了進去，走進籠罩在法師、禪眾們喜氣盎然的脈動裡、群體中，一同感受那輝煌、自在又飛揚的氛圍在彼此之間穿越、流動。我很清楚地知道，聖嚴師父的色身雖然不在，但是，師父傳授、遺留在世間的禪法，就如同不生不滅的佛光，懸在天空，駐足在地，宣講流傳於人間，無所不在，伸手可及。

當年禪堂依舊在

我的夢境經常會不時出現一處景物，那就是一九九七年，聖嚴師父在波蘭華沙率眾禪修的一處禪堂。

彼時，應該也在整修，還來不及完工的這座禪堂ZBZ（Zwi zek Buddystów Zen 'Bodhidharma'，禪佛教聯盟），屋頂尚未竣工不說，也沒有電，自然沒有暖氣，在春寒料峭的五月天，禪眾將所有禦寒的冬衣全都穿在身上，坐在地上點著蠟燭的禪堂裡用功。師父就算裹上三條毯子，身處如在冷凍庫的寮房中，也凍到連夜無法入睡；加上硬麵包與冷沙拉，連帶讓師父的胃疾復發……

沒錯！就在彼處，我第一次親眼目睹三日不見的師父，竟然換了個人似的，兩個眼圈如熊貓一般的黑著不說，雙頰也深陷了……師父以病體示現了無常的來到。

我心疼師父的受難，立刻抱怨師父，明明有那麼多擁戴師父的地區、國度等候著，為何跑來此鳥不生蛋的地方受苦受累？師父非常明快地回答我：「哪裡需要他，他就去哪裡。」我頓時啞口無言，不敢再造次。

二〇二二年八月二十一日：重回二十五年前的禪堂

時隔二十五年，我早就打定主意，只要《他的身影2》開拍，我一定要重回華沙的那方舊時地。因此，一旦確認了華沙行程，我立刻央求口譯張璨文教授，請她務必要找到華沙的舊禪堂，那將是我們此行重要目的地之一，除非那座禪堂已經拆除。

張教授果然是位有毅力、決心，且懂得方法的優秀學者，她僅憑著我們提供的舊時錄影帶資料，居然在網路上抽絲剝繭，進而找到了ZBZ的網址，並且與窗口聯絡上。我一聽之下，真是開心到無以復加，我深信，因為ZBZ的尋獲，將使得《他的身影2》的波蘭這一集，會有更動人且深入的篇章出現。

八月二十一日一大早，不僅我們的攝影團隊準時出發，方才帶領完禪二十八的繼程法師、常護法師、帕威爾一行人，也約好在ZBZ的門口集合。

前往ZBZ的車上，張教授、淑渟都不停地問我，一路的景物與二十五年前一樣嗎？我不斷搖頭，實在已不復記憶。一直到了門口，看到圍籬內的禪堂外牆，才讓酣睡多年的記憶，逐漸甦醒了過來。但是，為何進口處的方向有異？以前的院子是否比較開闊？如今的廊道似乎比較短窄？這一切，等到來應門的負責人珊卓拉一開口，我才頹然向現實繳械。她說，除了樹比二十五年前高了許多，其他任何的建築、動線，基本沒變動過。

珊卓拉很有心，她除了竭力歡迎我們的到來，布置了一桌的點心水果飲料，還坦承當年她沒有機緣參加師父帶領的禪修，但也特別為我們找來兩位曾經受教於師父座下的女禪眾。

我有點迫不及待地請求珊卓拉，帶我們參觀闊別二十五年的老禪堂。果不其然，無論是禪堂、小參室、迴廊……都與腦海中的印象完全吻合。珊卓拉補充道，除了禪堂換過地板，其他的室內陳設，基本上沒有做過任何改變（其實就是經費短缺）。

當然，我也想進入師父當年那間凍到像是冷凍庫的寮房看一眼，珊卓拉面有難色的回道，那間房間已多年封閉，不再使用；我自是尊重主人的立場，只在拉有黃線的房門前張望了一下。

禪堂後面是可以經行的花園，除了樹木高大許多，無論是格局或是蜿蜒的小徑，都與往昔一致。我走在其間，空氣新鮮，似有似無的花草香味在鼻前裊繞。只是，偶有蜘蛛網會撲到臉上，狀似要與我纏綿一二，我揮手推拒，驅趕了蜘蛛網的干擾，只想在小徑中，尋找到師父當年在颯冷的寒風裡，率眾經行的削瘦身影……

有一幕是攝影團隊不能錯過的，就是在當初禪修結束後，師父與禪眾合照的原址，我們要再次做「原景重現」，在原地與繼程法師等一行人拍攝一張團體照。我一邊想像當年冷到讓人顫抖的低溫，一邊也享受著是日陽光和煦，溫暖示人的美好。

離開ZBZ後，我們立刻趕往另一處，另一場約定在候著。師父當年在農業大學有場公開演講，只是二十五年後，農業大學遷來了現址，舊地已不復存在。現址其實是華沙生命科學大學，該大學是歐洲生命科學聯盟（ELLS）的成員，除了農業大學非常有名，其他尚有四十個不同領域，十三個包括獸醫、建築、環境工程等學院。

曾經追隨著師父，在歐美等地，參加過不下二十次禪修的「別逃」（Beata Kazimierska），雖然沒有出現在此次的禪二十八，但與我們另約有相聚的時間。別逃的兒子馬西，就職於波蘭的公共電視國際頻道，聽到母親提及我們的拍攝行動，居然希望能在華沙採訪我們。原本我們想婉拒，因為訪綱裡有探問我們在俄烏戰事中，對臺灣局勢的看法，但是繼程法師大器地同意了，我自然也就隨順因緣，同意了馬西的邀請。

馬西在華沙生命科學大學前，分別採訪了我們。我沒有聽清楚繼程法師的答覆，我則回答馬西，聖嚴師父曾經教導我們，在日常生活中無論碰到任何問題，只要設法處在

1 「別逃」的兒子馬西任職於公共電視國際頻道，在華沙生命科學大學前採訪繼程法師。（資料來源：釋常護攝）

2 禪佛教聯盟人員陪同繼程法師、張光斗等人參觀禪堂環境。（資料來源：釋常護攝）

3 團隊至當年的農業大學，現已更名華沙生命科學大學取景拍攝與受訪。

4 「別逃」（Beata，左1）追隨聖嚴師父在歐美各地參加禪修活動，此次波蘭取景的交通工具也多虧「別逃」幫忙，讓拍攝順利進行。

1

2

1 1997 年，聖嚴師父在華沙指導禪七，禪七圓滿後與禪眾於禪堂前合影。（資料來源：《人生》雜誌）

2 1997 年，聖嚴師父來到蕭邦的故鄉波蘭弘法。圖為當年法師於農業大學演講後，為聽眾簽書。（資料來源：《人生》雜誌）

3

4

3 波蘭華沙禪二十八圓滿後，繼程法師（立者左4）、張光斗（立者左3）、與禪眾合影。

4 繼程法師在波蘭指導禪二十八，禪眾在戶外經行。（資料來源：釋常護攝）

「四安」（安心、安身、安家、安業）中，就能坦然面對一切考驗。我也提及，聽說大陸的歷任領導人私下都研讀佛經，我相信只要心念中有佛，就不會做出任何傷害眾生的憾事。

回程中，我們轉往華沙的市中心，在中央車站附近逛了一圈，聽我們的司機描述，中央車站的對面有一座巍峨的建築物，是波蘭科學文化宮，據說是二次大戰後，由俄國領導史達林出資所建，指名要送給波蘭人民。世事，不消數十年，乃至短短數年，哪怕當事人已經不在，卻因一座建築物的依然矗立、冷眼旁觀，適時得以印證——原來某些當時可以「喊水結凍」的名人，翻天覆地後，留下的荒謬與諷刺，真的有如一首無言的歌，在虛空中，兀自飄散，願者自聞。

二〇二二年八月二十二日：緩緩流動的幸福感

只因前一天行色匆匆，我忘了攜帶要送給ZBZ負責人珊卓拉的禮物，經由張教授的緊急聯繫，再次約好時間拜訪。這一天一早，只有團隊六個人再做一次打擾。

親切的珊卓拉歡喜迎賓，這一回，她換到前院，設有座席招待我們喝茶。當我將聖嚴師父的墨寶《大菩提心》交到她手中，再聽張教授解說後，她如獲至寶地表示，會非常珍視這份禮物，表框後要高懸在禪堂內，讓更多的人得以分享師父對世人的祝福。

或許人少好說話，珊卓拉並不諱言地跟我們說，在華沙經營佛教禪堂，很是辛苦，無論是南傳、北傳、藏傳的禪修活動，聚眾不易是其一，善款的來處也有限，僅是維修老舊的禪堂，就是非常繁重的負擔。我們在鼓勵她的同時，也遞給她一份供養禪堂的心意，她有點訝異，更是驚喜。我向她說，我曾一路看著聖嚴師父如此激勵著所有推動佛法的西方人士，我只是學習著師父的身教，如此而已。

離開ZBZ時，我拉開車窗，向珊卓拉頻頻揮手。我不知下一回是否還有機會，再次來到此一讓我魂縈牽掛的禪堂，但是我已非常確定，確定我的心中，還有全身周遭，有陣和暖的微風，由珊卓拉身後的禪堂，緩緩流動過來，那種帶有某種沉香，又有點像是焦糖的氣味，分明就是我們俗稱的幸福感；那將在日後的《他的身影2》影集中，透過畫面的陳述，據實呈現給所有的觀眾朋友們。

當師父遇見蕭邦

這趟波蘭華沙之行，基於歷史性的背景——俄羅斯與烏克蘭的戰爭開打，我們必須在節目中有所註記，因此，救助烏克蘭難民、位於華沙車站東出口對面的波蘭國際援助中心（Polish Center for International Aid, PCPM），是我們必須造訪之處。

遠遠就看見一片帳篷的「PCPM」，入口處沒有任何警衛人員，似乎誰都得以自由進出，不必提出身分證明，更不必通報，一片祥和寧靜，無有紛爭，甚至可以將它視為家族度假的帳篷區。我們因任務不同，不是一般新聞、報導節目，自然也沒有採訪相關人員、難民的計畫。只不過，眼見此一見證戰亂悲劇的國際團體的努力，自然讓人深思：因為戰亂，人民犧牲了寶貴的生命與安定的生活，這是任何手中握有莫大權勢的政治人物，所該慎重思量的治世基本原則啊。

二〇二二年八月二十二日：老友小聚憶師父

前兩天就與帕威爾約好，這一天中午到他家補錄他的採訪，同時也與寄宿在他家的繼程法師一行共進午餐。

帕威爾的家，算是華沙精華區中的豪宅，庭院很深、很廣，建築物很氣派，據說，因兒女皆長大，且搬了出去，他已決定賣掉此處，搬到另一處已經蓋好的新家。帕威爾的妻子很低調，不願接受採訪，只推說下一次準備好了再說。我們當然尊重她的意願，其實，我只想問她一個問題：「二十五年前，聖嚴師父初次蒞臨波蘭，曾在她家住過兩天，不知對師父留下什麼印象？」

當天傍晚，我們與「別逃」相約共進晚餐。別逃晚了約三十分鐘，才趕到我們的旅館。身材依舊壯碩的別逃，雖然六十好幾，臉部的變化不大，只是多了點風霜。

爽朗的別逃訴說，近幾年來她與丈夫的事業遇到低潮，家道中落，因此無法如過往一樣，可以有錢有閒，四處跟著聖嚴師父禪修。不過，她非常坦然地表示，師父教導的佛法，她在日常生活中還是隨時受用，她不會怨天尤人，只是順應無常的到來，與丈夫好好過日子，這就夠了。

我們隨後在餐廳共用晚餐，別逃與張教授也很投緣，聊得非常痛快，但仍可發覺她偶爾低頭看錶。別逃忽然說：「七點半了，要趕緊告辭，得開上三個小時的車子才能到家，若是太晚，丈夫會擔心。」我們這才知道，他們已搬離華沙，住在來回要開六小時車程的另一個城市；這趟只為了來赴約，卻不辭勞苦，還幫了許多忙，此一情義，真是溫暖了我們的心。

晚餐時，別逃也提到，她剛辦完因疫情停了兩年的蕭邦鋼琴世界大賽。她說，蕭邦等於是波蘭的代號，蕭邦的作品影響了幾代世人；他們最感嘆的，就是每回紀念蕭邦的鋼琴大賽，得獎的都是日本、韓國、中國、臺灣的年輕音樂家，他們有點憂心，如此下去，波蘭的音樂文化會受到很大的衝擊。

是晚，在房間誦念當日的功課《地藏經》時，忽然妄念閃過……我想，蕭邦的作品在世界各地都擁有眾多的樂迷，如同聖嚴師父多年來努力地要將佛教的種子在各地傳播一樣。別逃的憂心，或許只是站在身為波蘭人的角度來看世道；如果，她以一個更是宏觀的視野來看，蕭邦的音樂已在世間落地生根，流傳在世界各地，若是蕭邦地下有知，必然會十分快慰。

同樣地，師父當年辛勞遊走西方各地，為的就是將菩提種子散播在世界各處，期待抽芽生根。師父並沒有只想著佛教在東方、亞洲、大陸、臺灣發掘龍象人才，相反地，只要在歐美等地修行夠力、蔚有成就的西方弟子，師父一樣傳為法子，期待他們能長成一棵棵大樹，將佛法利益更多的眾生。

於是，我決定將波蘭這集節目的名稱，定名為「當師父遇見蕭邦」。同時也將原先打算讓團隊好好休養的隔天日程，即刻做了改變，決意在華沙尋找蕭邦的足跡與蹤影。

二〇二二年八月二十三日：師父與蕭邦博物館

我們臨時叫的車子（幸好是別逃介紹的好司機），十一點準時來到旅館門口接人，直駛「蕭邦博物館」。

建在一片校園地域的「蕭邦博物館」，並不顯眼，如果不是司機指點，還不見得會發現。購買入場券時，知道一個大人要收二十三元波幣，約合臺幣一百五十元，我靈機一動，請擔任口譯的張教授詢問工作人員，六十五歲以上者有優待嗎？那位年輕人看我一眼說，優待票只收十四元。我聞之大喜，反問他，是否要看我的證件？他反倒磊落地笑著回答我：「不用，我信任您。」瞬間，我真是歡喜至極，不但節省下些微的費用，也賺到了人家的尊重。

站在「蕭邦博物館」的門口，發現大門不僅沒有氣勢，平凡的有如一戶尋常人家，是扇非常不起眼的木門。進去後，才知道這是座古建築，但無論是燈光或擺設，都在簡單平凡中，讓人在舒緩寧靜的氛圍裡，自然地想去親近蕭邦。地上三層、地下兩層的館內，有適合孩童去觸碰的電腦作曲機；有隔音效果甚佳，由透明素材獨立出來的一間間音樂欣賞室；有蕭邦的手稿展示；也有各國語言所結合出的蕭邦姓名的發音……

我們因時間有限，無法久留，接著趕往皇家大道。蕭邦當年獻藝的皇宮對面，聽說有蕭邦音樂汩汩流出的座椅，可以坐在上面，得以與蕭邦的心跳做神祕的契合。那天的太陽很大，司機說彼處很難停車，因為距離很近，建議我們走路前往，等到拍攝完畢，他再過來接我們。於是，我們拔腿就走，沒想到距離並不近啊，說是十五分鐘，但走了二十分鐘後，眾人才滿身大汗地尋獲那張座椅，卻沒料到，椅子故障，竟啞了。

眾人有點沮喪，加上太熱，決定返回旅館，但是攝影師阿良提及，昨日到的城堡廣場有座高塔未能及時上去，那裡應該可以拍到華沙市內的全景，他想繞過去。反正很近，於是，我們又趕緊吩咐司機，轉往城堡廣場。

見到我們攜有腳架，高塔的一樓管理員拒絕我們入內，說是不准電視節目的拍攝，無奈之下，我抱著腳架，說是在外面守候，請攝影師與導演自行上去。等到我尋到對街陰涼處的台階坐下，導演與張教授都過來了，都說樓梯太陡，兩位攝影師上去就好。然

1

2

3

4

1 繼程法師於波蘭行程中為《他的身影2》題字。

2 蕭邦博物館內的陳設文物。

3 於波蘭禪堂門牌前與負責人珊卓拉（中）合影右是協助翻譯的張璨文教授。

4 蕭邦博物館的內部一角。

後，張教授發出一聲驚呼，原來我的旁邊就有一座蕭邦座椅，只要按下按鍵，座椅下方就淙淙流出鋼琴聲；我們大喜，紛紛輪流坐了上去，真是踏破鐵鞋無覓處，只是隨順著因緣前行，卻完全不費工夫找到了，彷彿是描繪人生際遇的一段寓言故事，蕭邦竟然又讓我們上了一堂課。

二〇二二年八月二十四日：與波蘭再見的小插曲

移動日，我們在華沙機場出境，準備飛往倫敦。

移民局的一位大嬸，拿著另一位攝影師阿峰的護照，覺得疑惑，立刻下令，後面排隊的旅客都挪到旁邊，她認為阿峰拿的是假護照，為何護照上的照片與現實的他完全像是另一個人，準備帶他去隔離室審問。

這下，阿峰緊張了，幸好口譯張教授就在不遠處，立刻上前幫腔，原來六年前的阿峰是帥小伙，拍的護照相片是當年的印記；沒想到，六年的婚姻外加兩個孩子的誕生，讓奔波養家的帥哥變樣了，發胖外加留了鬍鬚，又帶些許風霜，反倒成了十足的大叔。

看到阿峰面帶土色地突圍而出，我們紛紛安慰他，回到臺北後，要趕緊去換一本護照。我心想，如果師父在場，是否也會遞顆糖果給阿峰，讓他壓壓驚呢？

「修行佛法應在人間，修成之後還在人間，
強調佛法的人間化，不離世間而得心的自在。」
——聖嚴師父

02

英國

1989.04.11-21 ｜克魯克博士農舍禪七、倫敦佛教社
1992.04.14-24 ｜ Pantmawr 牧場禪修精舍、大英圖書館

天涯共彼時

英國

二〇二二年八月二十四日：勾起搭機回憶的「小魔鬼」

這一天下午，波蘭航空幾乎同一時間要起飛的航班登機口，都擠在連續幾個閘口，目的地是紐約、倫敦等幾個國際大城市。不到一會兒工夫，如潮水般的旅客，全都湧到了一起，加上是暑假的尾端，孩童特別多。擁擠的不安與不快，外加嗡嗡回響的人為噪音，造成孩童的情緒大潰堤，拔尖的大哭聲有如連天峰火，此起彼落，差點將人逼到無路可逃的困境。

等到我們已延遲飛往倫敦的航班可登機了，卻發現閘口的旅客無法移動，原來是檢讀手機網路機票的機器不靈光，一直故障，拿著紙本登機證的旅客，反倒被堵在後面，無法動彈。

原本有些心浮氣躁的我，忽然憶起當年遇到同一情景，我向聖嚴師父抱怨道：「真倒楣，我們怎麼會碰到這麼多『小魔鬼』（意指大吵大鬧的兒童），等下長途飛機上，又要被他們轟炸了。」那時師父笑了，回答我：「還真會形容，竟抬出了『小魔鬼』的稱號。」接著又說：「不用與不合己意的對象對峙，那會很辛苦。」

被推遲了兩個小時，等到在機上坐定、飛機升空後，這才發覺，我有點頭重腳輕；接著發現，一雙手掌不知何時開始就緊握一起，應該持續了許久。如果那扭曲一起的雙掌是心臟的反射，意味心臟過度負擔，我立即鬆開雙手，手掌才由慘白逐漸恢復了血色。我緩緩閉上雙眼，開始調整自己的呼吸，並將頭、頸、肩膀與兩臂逐漸放鬆。慢慢地，終於感受到身體缺氧的情況減緩，也舒服多了。我的嘴角不禁拉起一抹苦笑，師父分明教導了無數次，要經常覺察內心，不要被外境綑綁自己，我這愚癡的弟子，為何老是記不住？

兩個小時不到，飛機在倫敦希斯洛機場降落，此時天空有無數道深淺不一、色彩絢麗的晚霞，交相映照，彷彿以彩帶迎接疲憊不堪的旅人到來。接應我們的是提早訂好的一輛九人巴士，駕駛是一位說話不帶英國腔的東南亞人。距離飯店行車只要五分鐘，索價卻要一百五十英鎊；我甩了甩腦袋，出門在外無法事事皆如己意。

我們匆匆將行李推進旅館房間，趕緊下樓吃晚餐，再晚，餐廳就要打烊了。依照原先的約定，隔天一早要來接我們的李鑫菩薩，晚上九點要去取租賃好的九人休旅車，他傳來簡訊，會順道彎過來看看我們；我火速回覆他：「別了，趕緊回去休息，我們沒事，不要多禮了。」

這一晚，我睡得很熟；確實，真的累了。

二〇二二年八月二十五日：再遇二十七年前的「師父」

一早，五點半，鬧鐘響了，趕緊起床漱洗，窗外下著不小的雨，李鑫六點就開車來接我們。我們起碼要開六小時的車程，由倫敦前往威爾斯——已故約翰．克魯克博士（Dr.John Crook）所建的禪堂，他是師父在歐洲的第一位法子。

在籌備英國的拍攝行程時，對呈三角距離的拍攝地點，十分頭疼，因為每一處移動，都要費時五個小時以上。據規畫，威爾斯禪堂是一定要去的，師父前後數次（一九八九、一九九二、一九九五年）在當地禪堂帶領禪修，我則是一九九五年才首次與師父去到彼處。然後是師父的法子賽門．查爾得（Simon Child）的禪堂，接著是布里斯托大學（University of Bristol），師父於一九九五年在該校舉行對外公開演講，最後就是倫敦。

我們衡量了這四地的移動路線，如果不駕車，將會十分棘手，畢竟大量的攝影器材與團隊六人的隨身行李，就是一大負擔。租賃車輛一點都沒有問題，只不過，團隊裡的余導、攝影師阿良、阿峰，雖然都有國際駕照，但是英國的右駕左道是一大隱憂，若發生緊急狀況，只要反應一有差錯，後果將不堪想像。

感謝法鼓山溫哥華道場監院常悟法師，將倫敦辦事處的召委李鑫菩薩介紹給我們；另一位在歐洲活躍的常純法師，也大力推薦李鑫菩薩，誇他非常盡責可靠，可以協助我們。果不其然，等到我們困坐愁城，不知如何是好之際，李鑫在群組裡透露他可以向公司請假，我們在英國期間所有需要車輛移動的行程，他都願意權充司機。李鑫就是佛菩薩送來的珍貴禮物，為我們解決了最是頭痛的問題。

李鑫來自中國大陸貴州，在倫敦拿了兩個碩士學位，並在倫敦的一家ＩＣ產業公司工作，非常優秀。為了安我們的心，李鑫在車上向我們表明，人在國外學佛非常不容易，得此機會與臺灣來的師兄姊同車，就像是親近法親法眷，他還真是求之不得。

果然，李鑫的ＥＱ、ＩＱ俱優，與我們同行的幾天中，何止是相處融洽而已，如果不是因為他仍有工作與另一半要照顧（李鑫的同修適巧動手術），我們實在希望將他打包帶回臺灣。

威爾斯禪堂蓋在山坡上，途中，衛星導航一度將我們帶到了另一處農場，我們還擅自打開人家阻隔牛羊群走散的鐵柵，好在李鑫及時發現不對，趕緊回頭。等到車子進入另一條窄小的車道，當通過第二道鐵柵時，我才猛然憶起，沒錯！這條路是對的！再順著蜿蜒小道開沒多久，目的地便出現在眼前。

克魯克博士的兒子史塔馬替（Stamati Crook）為了迎接我們的到訪，開了五小時的車，由住處趕到了威爾斯禪堂。因此，當我們的座車駛上禪堂前的坡地，便見到史塔馬替雙手合十，帶著滿臉溫馨的微笑，迎接我們的到來。

經過短暫的寒暄，史塔馬替詢問我們，要先休息一下，喝點他方才煮好的熱湯，還是直接參觀禪堂？我迫不及待地向他說，我們先進禪堂禮佛可好？他立刻同意。

一進禪堂，可見佛龕供奉銅造的佛陀座像，佛像兩側擺著兩張照片：左側是克魯克博士，右側是聖嚴師父。我不顧禮節，沒等主人準備好，自顧自地對佛祖與師父、克魯克博士跪下禮拜。第一拜下去時，我還撐得住；等到第二拜，就開始淚奔；第三拜才是頭點地，已經抽泣難捱，完全棄守。那是種混合式的情緒大爆發，有思念師父當年盡形壽獻生命的悲壯行腳，有克魯克博士一心啣著師命大力在歐洲推動漢傳佛法的感動，有二十七年前我首次與師父出國到此所撞上的教導與訓誨……一時之間，整個人的思維像是打翻了的牛奶瓶，牛奶順著地板，四處流竄，束手無策，只是惶惶然無法收拾。

等到我終於將自己的情緒整理好，向史塔馬替合掌致歉，他反倒體貼地安慰我說，連他也被我的眼淚感染，十分觸動。

那個豔陽高照、溫暖涼爽的午後，我又有機會重新遇見二十七年前，依然不知天多高地多厚，放縱自己惡劣習性、四處惹事生非，被師父叮得滿頭包的中年大叔。就在此處，我也像個做錯事、被長輩責罵的無知孩子，手足無措地在原處進退失據時，師父一回頭，立刻由嚴師轉為和藹可親的長者，領著我去齋堂，煮茶給我喝，撫平我難安失序的躁動，這就是我最難消受，也最是難忘的師父的另一高招——春風化雨的慈悲。

感謝史塔馬替協助拍攝團隊，甚至放任我們在禪堂四周、房舍的裡裡外外，將尋找師父身影每個細微的拍攝都做足了。準備告辭時，才進一步得知，他們只擁有房舍的地上權，土地還是屬於原有地主的；史塔馬替希望禪堂在尚可堪用的階段，持續開放給有緣人來修行；如果可以，日後也能成為克魯克博士的佛教文物收藏館。

緊接著，我們還要兼程五小時以上，趕往師父另一位法子賽門．查爾得新建的Shaw bottom 禪堂。縱然不捨，仍不得不向史塔馬替揮手道別。車子在下坡時，我刻意不再回首，盡量壓制奔流不息的念頭，只為了要追逐前面逐漸西斜的日頭，純因前面還有一條長路需要奔赴。

1

2

3

4

5

6

1 1989年4月聖嚴師父（前排左3）應約翰．克魯克博士（前排左2）之邀至威爾斯帶領禪七，法師與禪眾合影。（資料來源：《人生》雜誌）

2 1989年的禪修期間，聖嚴師父指導禪眾戶外經行，可看見威爾斯的自然環境。（資料來源：《人生》雜誌）

3 《他的身影2》團隊來到約翰．克魯克博士建立的禪堂，由克魯克的兒子史塔馬替接待，由左至右為張光斗、史塔馬替、張璨文教授、李鑫。

4 我們代表身僧團將聖嚴師父的法照送給賽門。

5 禪堂的佛龕供奉一座銅造的佛陀座像，佛像兩側分別擺著聖嚴師父與約翰．克魯克博士的照片。

6 查爾得新禪堂中的窗景與字畫。

布里斯托我來了！

二〇二二年八月二十六日：漢傳禪法根扎英國

聖嚴師父的法子賽門．查爾得（Simon Child）在蕭巴頓農場（Shawbottom Farm）建造新禪堂，位於四周環繞著小山丘的平原處。一大早，陽光暖和了大地，驅走了夜半的寒氣；團隊在預定的時間內，紛紛起床，很有默契地聚集在一樓的齋堂，自冰箱取出我們在途中超市購買的水果、牛奶、麵包，開始了歡愉的早餐。賽門也加入我們的行列，更搬出咖啡機，招呼大家烹煮香氣四溢的咖啡。

快速吃完早飯後，我們立即展開了拍攝的工作。第一位上陣的當然是賽門，我與他是舊識，但受制於我的英文能力太差，私下幾乎沒有互動過；這趟，我先做好心理準備，無論英語再破，都要勇敢地與他交流。果然，人貴在勇於突破心理障礙，才跟他聊上幾句，就發現師父這位醫生出身的高足，真是具有英國人的幽默感。

當我問他，當年三十六歲先是跟隨約翰．克魯克博士（Dr.John Crook）學習打坐，之後親近師父熏習佛法，他最大的感受是什麼？他兩手一攤，帶點誇張地說：「就是這樣啦！你都看到了，欲罷不能，再也停不下來。」我立刻開口大笑。

當我將供養的一個紅包遞給賽門，因為他花費不少經費才蓋好禪堂，他倒也直接，毫不扭捏地收下。我們一行六個人來打擾他，雖說只叨擾一晚，也要耗費他不少精神，加上他才剛結束一個禪七，想來是夠疲憊的了；更何況，能夠繼承師父所託，發大願在英國度化眾生，是一位了不得的大菩薩。

第二位受訪的是女眾菲歐娜．納托爾（Fiona Nuttall），她已取得帶領禪修的資格。菲歐娜為了等候我們的來到，結束禪修後，又向公司請假，多待了一天。她非常感念聖嚴師父多次飄洋過海到英國宣揚佛法，對於未來她不做任何憧憬，只想一步一腳印地將師父的法傳出去。她說，現今世界無論人類的生活或人心的再造，都需要師父四個環保的理念做基礎，尤其是心靈環保。她計畫透過讀書會研究師父的著作與佛典，古文今用，來切入西方社會。賽門本來試探她，可接受也可拒絕推展佛法的重任，她不假思索地立即同意，並針對西方社會的需求，將佛法介紹給更多的有緣人。

我抽了空檔，在農場周圍走了一圈。陽光恣意地穿過無雲的藍天，將人的筋骨皮相裡裡外外烘烤一遍，好不快活，正如有緣到此參加禪修的禪眾們，可以藉由禪修來洗滌身心的塵垢一般。我同時也備感幸福，因為拍攝《他的身影2》，才能獲此殊勝機緣，來到這個位在天涯一角的一方福地，這根本是過去追隨師父全球行腳的延伸……好一個福報滿載啊。

時間匆促，確認我們的拍攝內容全部完妥，下午兩點依照原定計畫，立即將行李上好車，趕往布里斯托（Bristol）。透過常純法師的事前引薦與倫敦分會召集人李鑫聯絡，僑居於布里斯托的兩位師姊，特地在當地唯一的素食餐廳招待我們，車子開了四個半小時，坐到臀部都發麻，總算趕到了餐廳。

來自大陸四川與北京的蔣馨、樊珊珊人在海外，卻是求法若渴。雖然是第一次見面，我們已然像家人般互動。透過網路的傳播，她們看過《他的身影》的影集，也對農禪寺的水月道場、法鼓山世界佛教教育園區的莊嚴耳熟能詳。他們原本熱誠地延請我們去家中掛單，但還是被我們婉拒，畢竟太過打擾；她倆又說要招待我們住飯店，這如何能夠接受？我們開心地住進她們訂好的飯店，房費當然是我們自己負擔。

飯後，我們將方丈和尚果暉法師備好的禮物《大菩提心》字畫送給她們，她們如獲至寶，緊緊捧在手心，不斷地道謝。

二〇二二年八月二十七日：重遊「蓋亞之家」

聖嚴師父曾多次到英國弘法，二〇〇〇年，師父再次受邀在歐洲夙負盛名的禪修道場「蓋亞之家」（Gaia House）帶領禪七，當時有六十二位禪眾參加，其中還有一位修女。那次禪七中，師父將傳承的話頭禪、默照禪的修行方法與觀念做了系統介紹，也特別教授了《華嚴經》的淨心緣起、法界緣起；當師父講到慚愧、懺悔、感恩時，許多人已忍不住落淚。

最後一天，師父開示提及，這一班精進向道的歐洲人士都很有善根與福報，能夠接受世界各種系統佛教大師們所傳授的心法，相對地，亞洲、中國，乃至釋迦牟尼佛出生的印度，仍有二、三十億的人口，還在等候佛法的滋潤；師父又說，他年紀大了，這個心願要等後繼的大菩薩們繼續推動，再從西方傳回到東方……說著說著，師父留下了眼淚，許多禪眾也被觸動，跟著師父激動地抹起淚來。

這一天，上午七點就出門，只因時間緊迫，李鑫就近帶著我們到麥當勞匆匆用完早飯，直奔「蓋亞之家」。時隔二十二年，自車子駛進「蓋亞之家」樹木扶疏的大門起，二十餘年前的回憶便依序列在眼前，歷久而彌新。

接待我們的公關經理伊蓮娜（Elena de Paz）來自西班牙，非常友善且溫暖；她說來此長期禪修，因此做點服務的工作。當初她在口譯張璨文教授傳給「蓋亞之家」的信件中，得知聖嚴師父與該中心結下的善緣後，就立刻向上級報告，一定要接受我們的拍攝請求。果然，伊蓮娜不但處處給我們方便，而且看到果暉方丈錄製的致意影片，也感動到淚水盈眶。

我們在「蓋亞之家」無法久留，必須趕回布里斯托，在布里斯托大學有一場分享會等候著。

因緣妙不可言，誰都想不到，在布里斯托大學任教的克利姆茨基（Robin Klimecki）教授，竟參加了法鼓山的線上皈依，獲得法名「寬清」。寬清菩薩借了大學的一間教室，容我在這個午後做一場小型的分享會，主要是以我過去跟隨聖嚴師父行腳天下，近距離所領受師父的身教與言教體驗為主。

剛認識的蔣馨、樊珊珊與家人也都到場。當我將聖嚴師父如何苦心度化我，甚至在北京大學「未名湖」的石舫上對我招手，要我上船度我的往事說了後，坐在第一排的樊珊珊突然大聲爆哭起來，我不敢直視她，擔心我的淚腺也會失守，趕緊轉身，央請在旁的張璨文教授幫忙口譯；已經紅了眼眶的張教授臨危不亂，立刻挺身而出地翻譯起來。

會後，樊珊珊菩薩向我致歉，她說，過去在中國大陸沒有機會接觸佛法，此刻在英國布里斯托雖然方便許多，但也只能在網路上找尋佛法的澆灌與慰藉；這趟我們團隊的到訪，讓他們有如見到家人的歡喜，聽到師父對弟子的教導與呵護時，她既感動師父的慈悲，也羨慕我的福報。

寬清菩薩太貼心了，當他得知我們一行要再訪師父一九九七年在布里斯托大學對外演講的會所後，早早替我們找到原址；等演講結束，出教室一個小轉彎，眼前居然就是我們此行的重點重訪之地，二十五年前聖嚴師父就是推開那道玻璃門，走進會場的。

聖嚴師父那場演講遇到了什麼狀況，成為我們必須到訪的緣由呢？接著下來，我們繼續聊……

1

2

1 2000 年聖嚴師父到蓋亞之家帶領禪七，禪七結束後，法師與禪眾們合影。（資料來源：《人生》雜誌）

2 當年聖嚴師父也曾禮敬過此塔。（資料來源：《人生》雜誌）

3

4

《他的身影2》團隊與蓋亞之家公關經理伊蓮娜（中）在當年師父的禪眾大合照的建築前合影。

張光斗、張璨文教授（右）與伊蓮娜（中）禮敬佛塔。

布里斯托的自殺名所

二〇二二年八月二十七日：當年的演講會場

這真是個豐富又忙碌的一天。

應先介紹一下寬清菩薩才對。寬清菩薩的大名是羅賓．克利姆茨基（Robin Klimecki），他讀了聖嚴師父的英文著作，對禪修產生了興趣，但是無人可以指導。後來得知姊姊也在學習禪坐，便開始跟著姊姊進入禪修世界，慢慢發現，他對默照方法特別有感覺。雖然不曾見過師父，但他深信，師父一定是位非常幽默又有智慧的高僧。

忙完布里斯托的分享會，也拍了團體照後，我再也無法按捺得住，急著請寬清菩薩領著我們前往一九九五年六月十日，聖嚴師父在布里斯托大學演講的會場，那裡有我記憶中非常鮮明且十分精彩的一段故事。

當年，進入演講會場前，主持人保羅．威廉斯（Paul Williams）教授就曾提醒師父，到場的來賓中大部分是學校的教授與學生，或許會有人存心要給師父難題，師父只是笑笑，沒當一回事。等到師父演說結束，開放問答時間，果真有人來踢館，師父曾在《行雲流水》一書中，寫有下述這一段有趣的文字：

「有一位聽眾，可能是該校神學院的教授，懂得一些佛教，可是不以為然，他是有備而來，準備給我難堪，連問了三個問題，都很尖銳，使我陷於自相矛盾的難局，使得從禪七跟來的幾位聽眾有點吃驚，每當他提出一個問題，全場的空氣好似凝固起來。

其實，像這樣的場面，我已經驗太多，即以四兩撥千金的方法，輕鬆及幽默地處理掉，既給了他面子，又強化了我的立場。另外還有三位聽眾提出的問題，比較友善，最後因為時間不能拖得太長，所以我請問主持人 Williams 教授，我這場演講有沒有通過他的考試，他答得很妙：『不，至少再加三小時，太好了！』」

這場演講，是布里斯托大學神學院宗教系佛教研究中心所主辦，並指定「中國佛教與禪的傳統」為演講題目；原先預定有一、二十位聽眾，但當場湧進了四十多位。事先規畫的是演講一小時，問答半小時，但因翻譯需要時間，只好臨時追加了二十分鐘。

在我的記憶庫中，對該場演講主持人威廉斯教授的印象尤其深刻。他在作演講結語時，已然陷入某種興奮狀態，明顯結巴著，不斷地讚譽師父的學問淵博，道行深厚……身為師父的弟子，那個當下，我也彷彿醉酒一般，對師父的高妙智慧酩酊起來，暈陶陶地極度歡喜。

時隔二十七年，得以再次前往布里斯托大學，我當然是非常激動且期待的。團隊的口譯張璆文教授，行前費了很大的工夫，在網路聯絡上已經退休的威廉斯教授，他也清晰記得師父演講當日所發生的插曲；唯一可惜的是，他退休後住在距布里斯托非常遙遠的另一城市，無法與我們在學校相聚，接受訪問。退而求其次，讓團隊去拍攝師父演講的教室，就成了我此行最大的願望。佛菩薩保佑，居然就有寬清菩薩由天而降似的，順利地滿了我的願。

我們幾乎是亦步亦趨地緊跟寬清菩薩的腳步，深怕一個不當心跟丟了；離開我們演講的教室小院子，往右轉約二十公尺處，是一個十字路口，馬路也不太寬（該校園有如一個大社區，沒有明顯的圍牆或校門做藩籬，校區的教室各自存在，與居民的住宅混在一起），再一個右轉，沒走兩步，寬清菩薩指著對面的建築物說：「瞧！那就是！」

啊？那就是？竟然如此不費工夫？原來寬清菩薩早就替我們勘查過師父當年的足跡。我一個箭步穿越馬路，快步進入那個院落；雖因假日，校園的教室全鎖上了，但在建築物入口的玻璃門處，我將臉貼近玻璃，透視裡面蜿蜒的走道，我的神識瞬間開始快速倒轉，彷彿又回到那年那日，隨著師父與威廉斯教授一行人，通過走道，進入演講的教室。

我在建築物前錄妥了過場的獨白。那個午後，雖然不至於情緒嗨到手舞足蹈的程度，但是胸口翻攪的感動與熾熱，久久沒有褪去。

二〇二二年八月二十八日：「自殺名所」克立福頓吊橋

上午起床後，匆匆整理行李，全都上了車，我們又要移動，上午採訪完居住在布里斯托的希拉蕊後，我們又要拉車四個多小時，奔向此行的最後一站——倫敦。

已退休的希拉蕊（Hilary Richard）是位醫生，也是位認真用功的禪眾，跟隨著聖嚴師父修習禪法。師父在布里斯托期間，不但住在希拉蕊的家，也因健康出現狀況，同樣是由希拉蕊與先生親自為師父診治並照護師父。

我們的外景隊當然早已與希拉蕊約定是日上午造訪她家，希拉蕊與丈夫非常熱情地在門口迎接我們。雖然他們已經搬過兩次家，我們到訪的也不是師父當年下榻的房子，但一提到師父，已經升格為爺爺奶奶的兩人，眼神裡盡是孺慕之情，還特別將師父當年送的茶葉罐拿出來展示給我們看。

在此要補述一件事，也是與希拉蕊有所關聯。一九九五年師父到訪時，乘坐希拉蕊駕駛的車子，經過一座克立福頓吊橋（Clifton Suspension Bridge），希拉蕊跟師父說，這是當地非常著名的「自殺名所」，無論政府如何防治廣宣，自此一橋上躍下的自殺人數，從來沒有減少過；此橋非常高，拔地超過百公尺，但橋下的流水非常平靜。就在此橋不遠處，另有賽溫大橋（Severn Bridge），橋下流水湍急，卻未有人選在該處自殺；師父當場感嘆，自殺的人原來想去一個比較平靜、清澈的地方。

既然師父滯留布里斯托期間，曾經過此一特殊地點，我們團隊就在拜訪希拉蕊的前一日下午，趁著太陽還沒下山，趕到了克立福頓大橋。時隔二十多年，「自殺名所」的吊橋有了明顯的改變，不但橋上的車道縮減，行人路過的步道上方，也高高懸起鐵絲網，擺明了就是防止厭世的人攀上去，跳下自殺；然後，橋頭的橋墩上還明顯掛有一告示牌，要求人們不可以穿過橋上的鐵絲網。

開車的李鑫菩薩，將我們租賃的車子臨時停在橋頭處，讓我們卸下攝影器材，但附近沒有任何停車場，李鑫要我們盡快完成拍攝工作，他想辦法守在原處，如果有警察來取締，他會先開走再回頭來接我們。那個當下，我再次對李鑫的熱心奉獻激動起來，如果不是他，我們在英國的行程勢必會有更多的橫阻，而他不但為了我們向公司請假多日，也無法照料家中剛動過手術的妻子。

1

1 張光斗與團隊來到克立福頓吊橋，夕陽餘暉中遊客不斷，不想卻是「自殺名所」。

我帶頭與攝影團隊，快速穿過馬路，順著小道，登上橋頭前方的觀景平台，拍攝「自殺名所」的全景。當天的遊客極多，橋上的步道固然人潮不斷，橋前一片草坡上，也有許多人坐落其間，在夕陽斜照的餘暉中，悠閒地欣賞美幻似假的景色。我們攝影機的後方，遊客一波波地湧上湧下不說，還有一對新人穿著華麗的禮服，以橋做背景，在拍婚紗照，新人的親友們則開心地在旁鼓譟，這一切的景象在在彰顯出享受生命的愉悅及自在。

隔日，與希拉蕊閒聊時，她仍感嘆橋上的自殺悲劇，並沒有因為加強防範而銷聲匿跡啊！「心安即是平安。」師父苦口婆心、耳提面命地要我們做好「心靈環保」的叮嚀，就算遠在英國的布里斯托，一樣也需要人們去實踐！

1

2

3

1 在布里斯托大學分享會後，與禪眾合影，右4穿著汗衫就是寬清菩薩。

2 將師父的墨寶送給寬清菩薩（圖右）做紀念。

3 張光斗採訪當年參加聖嚴師父主持的威爾斯禪七的希拉蕊（中），她與先生（右）當年曾為法師看診。

滄海何能成桑田

二〇二二年八月二十八日：重返一九九五年

經過長途跋涉，我們團隊一行總算回到了倫敦。不過，也容不得喘口氣，法鼓山倫敦聯絡處的召集人李鑫已經約了幾位當地的悅眾菩薩，要在倫敦攝政公園舉辦戶外分享會，我們就直接前往約好的地點相會。

倫敦聯絡處原有一個共修的場地，但因疫情的關係，長期封閉，為了節約經費，李鑫與幹部們研商過後，將共修處退租了。也虧他們的巧思，安排在攝政公園聚會，等於融入倫敦當地人士的生活模式中，還真是接地氣。

倫敦攝政公園果然熱鬧，綠草、繁花與大樹，妝點出公園的規模與氣勢；眾多遊客或斜躺在草坪，或倚在大樹旁。我們跟著李鑫四處尋覓，先是選到一處有樹蔭的草地，但鄰近露天運動場，有噪音十足的演唱會，李鑫當機立斷尋找另一處理想場地。

李鑫以手機不斷糾集各方人馬，他們或拎著水果、點心，或抱著布巾、蓆墊，陸陸續續到了我們的落點。首先讓我注意到的是一位西方面孔、個頭不小的青壯男士，他友善地以中文自我介紹：「你好！我是演持，請多多指教！」我一聽大樂，瞬間以中文拋出一大堆問題給他，他尷尬地笑著搖頭；我聽說他會中文，但他再次笑著搖頭，好吧！得饒人處且饒人，放他一馬。

人員到齊後，大家自在地坐在蓆墊上，蓆墊中央擺滿了水果、吃食與飲料。我先分享拍攝《他的身影2》的緣起，張教授為演持與另一位西方人士即席翻譯。接下來，是在座的每個人輪流述說學佛因緣與心得。輪到演持菩薩時，他自我介紹是以色列國籍，並表白日後我們去以色列尋訪聖嚴師父的身影，若有需要，他非常願意陪同前往，助以一臂之力。我當時只當他是客氣的應酬話，沒放在心上，沒料到，日後的因緣竟證明演持菩薩，真的是位真誠實心、說話算話的大好人。（這是另一段故事，等到以色列篇，再記述。）

將僧團準備的師父法照贈送給倫敦聯絡處，是此一分享會的高潮，每位菩薩的臉上都漾開了激越的喜悅，紛紛湧上拍照留念。分享會結束後，我們兵分兩路，幾位當地的菩薩前往公園附近一家訂好的素食餐廳等候我們，李鑫則駕車把我們送到國王十字地鐵站附近的旅館卸行李，然後急著去還車，萬一延遲是要罰錢的。

還車處距離李鑫家不遠，他嘴裡沒說，但我們心裡都有數，他數日沒見剛動完手術的妻子，肯定掛念著，於是與他約定，還車後就不用再搭地鐵來會我們。也因為如此，我們也鐵下心腸，請李鑫跟等候我們一起吃晚飯的菩薩們致歉，忙了一整天，大家也十分疲累，只好放他們鴿子，在旅館附近隨意解決晚飯。

多虧了張教授在網路先訂好了飯店，雖然房間極為狹促，但地點非常方便，距離我們剩下兩天的拍攝地點都不遠，最後一天前往機場的地鐵站也在邊上。彼時，疫情的烽火仍在四處燃燒著，然而開放的歐洲，已經少見人們戴口罩；我們的團隊還是小心翼翼，人多處盡量少去，因此，在熱鬧的街道上，刻意找了間客人稀少的義大利餐廳吃披薩。

二〇二二年八月二十九日：尋不著故人蹤影

前往英國之前，最為遺憾的是無法找到聖嚴師父於一九九五年到訪倫敦時，全程接待師父與拍攝小組的黃果天、李承基居士，以及他們的家人。我們曾經詢問過果元法師，當年他們是直接與果元法師聯繫的；果元法師遺憾表示，早已與他們失去聯絡。我們再設法請託香港的友人打聽，因為他們都是從香港移民到英國的僑民，卻也都毫無線索。

一九九五年，聖嚴師父與我一行由布里斯托搭乘火車，抵達倫敦車站時，黃果天已在月臺守候，我與師父都下榻於黃居士的家中。那一趟，他們特別安排了師父在倫敦的哈佛史塔克學校（Haverstock School）進行一場主題為「禪在日常生活中」的公開演講；是日湧進了非常多的聽眾，時任駐英國代表的簡又新大使、中央社駐倫敦特派員鍾行憲等都出現在會場。

師父在《行雲流水》有一段紀錄文字，如下：

「中華民國駐英代表簡又新帶著他的祕書，不僅蒞臨會場並致歡迎詞，也自始至終聽完了全場演講，尤其難得的是手不停筆地做筆記。本來我沒什麼好講的，結果對當地華僑做了一場相當有用的演講。」

當天，師父進場前，臨時出現了點狀況。黃居士氣急敗壞地跟師父說，進入演講的體育館前要通過一段走廊，該日有另一個佛教團體承租了那段走廊辦活動，不方便讓師父通過。師父反問黃居士，有沒有其他的出入口？黃居士表示要從後門進入，師父立刻回答，就從後門吧！黃居士急得都要哭了，他不情願地說，師父難得在倫敦演講，怎可讓師父委屈地走後門？

師父很自在地安慰黃居士，他臉上的烏雲這才散開來。雖然是從後門入場，師父的演講一樣獲得全場聽眾的熱烈掌聲。

時隔近三十年，再次踏上倫敦的土地尋找師父留下的身影，哈佛史塔克學校怎可不去？同樣托了李鑫的福，前一日分享會遇見一位來自香港、在倫敦銀行工作的邱揚梓菩薩，她主動跟我們說，對那所中學的地理位置很熟悉，可以請假領著我們，徒步前往該校拍攝。面對如此熱心的菩薩，我們也不再客氣，立即接受了她的美意。

隔日一早，邱揚梓在旅店與我們會合，興高采烈地帶著團隊六個人，依著 google 地圖指引的道路，大步向前走。我們途經較為沒落的街道，也越過人潮洶湧的鬧區，終於來到目的地。我站在記憶中不再是舊時地的校門口發愣，那是一棟新蓋大樓中間所留置的出入口；大門緊閉，就連留守的門衛都沒有，邱揚梓滿懷歉意表示是日恰好是假日，沒人上班。

我們沒有放棄，在網上重複檢視師父當年在校門口下車的影片，很篤定確認昔日校園大門口的所在處，今日已改為校內停車場的入口；透過圍牆往內看，當時師父演講的體育館位置，則為其他的建築所替代。我多少有點沮喪，三十年不到，為何世間有了如此巨大的改變？滄海一旦成為桑田，人們存取的所有記憶體，都成了不真實的幻影，如

1

2

3

1 1995 年，聖嚴師父在倫敦公開演講，受到僑胞的歡迎。（資料來源：《人生》雜誌）

2 聖嚴師父在倫敦的哈佛史塔克學校的停車場下車準備進場演說。

3 1995 年主辦倫敦演講的主辦人黃果天菩薩在倫敦車站迎接聖嚴師父，但此行卻聯絡不上他。

4 在倫敦皇家公園合影留念。

5 倫敦信眾看到聖嚴師父的法照，相當歡喜，紛紛上前合影。

6 在海外學佛不易，張光斗與李鑫邀集倫敦信眾，在倫敦皇家公園舉辦戶外分享會，分享每個人學佛的因緣。

此地不帶一點感情。

我們的團隊發現我陷入了小低潮，咬過耳朵後，決定請邱揚梓入鏡，以嚮導的身分與我互動，將我們在此處尋找師父身影的實際狀況攝入影片。我立即意識到，不能再浪費時間在現場低迴傷感；拍完此處，我們還要趕路，要前往下一個拍攝點。

滄海桑田！因緣流轉，天道循環，誰都無法阻擋不是？

在倫敦哈佛史塔克學校門口，我又上了一課。

「當在閑靜之處，修持攝心的方法，
安住在不動的禪定中，穩定猶如須彌山。」
——聖嚴師父

03
瑞士

2004.4.28 － 05.09 ｜瑞士伯恩碧坦堡禪修中心主持默照禪七

在瑞士遇見兩位大菩薩

二〇二三年九月二十二日：帶著掛念啟程

我們準備搭乘二十二日晚上九點四十分的土耳其航空班機，前往此行的第一站──瑞士。下午六點十五分，同修預訂的一輛計程車準時上門等候；車身是粉紅與金黃色系列，與一般轎車完全不同；如果依照我既有的習性，肯定對此嗤之以鼻，但是，那天完全不是這一回事。

「嗯，這款帶有一點喜氣的色調是我正需要的。」我跟自己如是說。

這趟前往瑞士、克羅埃西亞拍攝《他的身影2》的前夕，年已九十的家母忽然在臺中不適住院，然後是加護病房、普通病房的進出。同修問我，旅途中，如果家母有任何狀況，是否就不通知我了？我不假思索地回她，該告訴我的就告訴我；她點了點頭，送我上了車。

到了機場，土航櫃檯前人山人海，我低頭打開手機，兩則錄音訊息正等著我接收，顯然是在醫院陪同母親的移工阿蒂傳來的。母親的聲音微弱斷續，祝福我路上安全，並重複了好多次：「媽媽愛你，媽媽愛你……」我趕緊移開手機，故意眺望著人群盡頭的櫃檯，不讓團隊的同僚發現我不對的神色。

客滿的班機，最讓人不安的是，密閉空間的病毒傳染，誰能保證機內的空氣清新無礙？從頭至尾，我們不敢摘下口罩。將近十三個小時的航程後，飛機順利著陸；轉機的伊斯坦堡機場外，只有孤寂的照明路燈與漆黑的夜色，機場內卻是燈火輝煌，人頭鑽動，時間已是當地二十三日的凌晨四點左右。

伊斯坦堡機場龐然巨大，我們自下機開始，跟著同行不同目的地的不識有緣人，走了二十分鐘左右，才抵達轉機的海關入口，重新檢查隨身行李與證件。前往瑞士的航班顯然還早，團隊六人穿過洶湧人潮，尋到一家咖啡廳，各自叫了早餐與咖啡，一千三百多土耳其里拉，約合臺幣兩千兩百元左右，顯然比歐洲便宜了三分之一左右。

這趟瑞士、克羅埃西亞的拍攝行程，排得一點都不輕鬆。由伊斯坦堡再飛行了三個小時後，我們抵達了蘇黎世；蘇黎世機場的旅人像是一群群放牧的羊群，層層疊疊地擠進入關的柵欄中，看來歐洲人掙脫疫情的束縛，急著四處旅遊的渴望已不言而喻。

二〇二二年九月二十三日：見法子遇貴人

出關後，我們就要立刻搭乘兩輛計程車，尋訪聖嚴師父在歐洲的法子，已然八十歲的麥克斯．凱林（Max Kalin）。Max 自小就閱讀中國的古典小說《水滸傳》，自此深深被中國武術所吸引；而後受到另一半、香港出生的伊蓮娜（數年前已因病故去）的影響，開始學習佛法。

一九九一年，Max 前往紐約追隨師父打過禪七後，就多次專程由瑞士飛去紐約修行，一九九九年獲得師父的認可，開始帶領禪七。目前仍在醫院服務的 Max，非常忙碌，據說想要見他是項不可能的任務，幸好我們的錦囊裡有位高人名單，也是瑞士人的女眾希爾迪．塔爾曼（Hildi Thalmann），在波蘭華沙曾訪問過她，她非常有把握地跟我們說，可以幫我們敲定 Max；果不其然，我們順利約到了 Max，只不過，他給我們的拍攝時間非常緊蹙，我們在路上不可有任何耽擱，否則會影響他的看診時間。

當天，蘇黎世的氣溫非常溫和，陽光普照，冬衣幾乎穿不上身，我們不負使命，準時抵達了 Max 服務的醫院。同行的口譯張璨文教授率先進入醫院，尋到了 Max；他的身形不大，像是東方人的體格，但一眼就看出是習武的人，雖然年屆八十，依然短小精幹，昂首挺胸。他在訪談中數度提及已故的賢妻伊蓮娜，他說伊蓮娜當年一直鼓勵他跟隨師父努力精進，自己放棄了修行機會，在家照顧年幼的女兒。

訪問結束後，Max 領著我們到醫院對面的公園去活動一下筋骨。他橫過馬路，踏上公園的草坪上，就感慨地跟我說，別看此刻的公園一片青蔥翠綠，在陽光下閃閃奪目，有如天堂；等到天黑以後，愈是深夜，愈是像地獄一般，賣淫、嗑藥、販毒者絡繹不絕，以至於他經常要在半夜開放急診，照護需要照顧的病人。

本來我們希望 Max 能夠在公園草地上，表演一套他所擅長的太極拳，但或許害羞，只蹲了馬步，並教導了張教授兩招防衛術，就被醫院的員工匆匆喚回，因為後面的病人已在等候。匆忙中與 Max 道別，我還是覺得有點遺憾，遺憾於我們沒有更多的時間與他長談，並詢問他將餘生貢獻給患者，而不是開班授課、指導禪修，其背後的心路歷程又是什麼？

我們又叫了兩部計程車，前往蘇黎世的火車站，轉乘火車前往伯恩，與在伯恩居住的 Hildi（常捨菩薩）相會。等候火車時，我們都有上洗手間的需求，卻發現進一次洗手間就要兩元瑞士法郎（約合臺幣六十六元），於是，很有默契地，我們一致決定，省下瑞士法郎，等到上了高鐵後，再在火車上使用免費的廁所。

常捨菩薩原先是位小兒科的專業醫生，只因看多了生老病死，讓她對人生的意義十分困惑，偏偏當時信奉的宗教無法給她滿意的答案，讓她更是苦惱。後來雖然接觸過日本禪修與藏傳佛教，也一直無法找到禪修的正確方向。於是，偶然間聽說聖嚴師父的禪修課程後，她毅然參加了二〇〇四年，師父在瑞士碧坦堡（Beatenberg）主持的禪七，自此精進勇猛；二〇〇八年，當她到法鼓山探視師父時，得到了師父的允許，可以在瑞士擔任禪修老師。

依照我們原先的約定，等到高鐵抵達伯恩車站後，以電話與常捨菩薩聯絡。沒想到，當我下車沒走兩步，居然就在月台上，發現常捨菩薩拿著名牌在尋找我們的蹤影；我一個箭步上前，擁抱著常捨菩薩，所有的人都歡喜地與她在伯恩車站重逢。

常捨菩薩不准我們花錢，她將我們當作家人，由買電車票開始，到晚飯的泰國餐廳，都是她來買單；這還不說，她也堅持不讓我們去住飯店，安排我們住進她準備就緒的住宿地點：禪堂（她在伯恩市區租借的禪修道場）、禪堂樓上向朋友借的公寓、她的住家、辦公室，來安置我們六個人。個頭不大，現年也已八十的常捨菩薩，能量卻非常強大，她的腳步跨越的比我們還快、還大，領著我們穿越在伯恩老城區的石板路上，還不時指點我們，哪一個路口、哪一個轉角處，師父當年都曾駐足過……

常捨菩薩不讓我們自己挑選、推讓，直接交代誰住哪一間房，省卻很多時間。當我在下榻的辦公室（常捨菩薩早已將床鋪被褥、水壺水杯準備妥當）往外一看，真是不得了，一條長河在樓下蜿蜒而來，越過一矮堤，清澈碧藍的河水加速向下游奔赴而去；遠處的樹木、住家，在清新潔淨的空氣中，安謐地矗立著，真像是人間淨土，絕不誇張。

常捨菩薩在我們行前的聯絡過程中，非常細密地指點我們往後每天的拍攝行程，哪一段坐火車、哪一段需要租車，就連租車這一件事，她都早早幫我們看好車種，並預訂妥當，租車店就距離她的住處一個路口而已。因此，相處的幾天中，我已熟悉她那短筒皮鞋的鞋跟，跺、跺、跺地敲打在石板路上的聲音，是如此富有節奏與生命力，那是一位修行人一心不亂的生活韻律，予人安定的印象，一如她堅定不亂的眼神。

1

2

3

4

1. 2004 年，聖嚴師父至瑞士指導禪七，也是唯一的一次。（資料來源：《人生》雜誌）
2. 2004 年，聖嚴師父至瑞士，張光斗隨行，十九年後又重返瑞士尋師身影。（資料來源：陳漢良攝）
3. 2004 年，聖嚴師父在瑞士碧坦堡禪七結束後，與禪眾在雪地裡合影。（資料來源：《人生》雜誌）
4. Hildi（前三）參加聖嚴師父在瑞士舉辦的禪七，影響了她的一生，也發願讓更多人了解漢傳禪法的好。（資料來源：《人生》雜誌）

一償十八年的宿願

瑞士

二〇二二年九月二十四、二十五日：常捨菩薩為佛教的付出

早上五點，Hildi（常捨菩薩）就出現在她租借的半地下一樓的禪堂，六位禪眾都已在禪堂裡就位。常捨菩薩依照法鼓山的儀軌，帶領禪眾做早課、練習禪坐。

在禪堂內，我發現常捨菩薩與六位禪眾，無論是唱誦早課，或是垂眉打坐，不但一絲不苟，且莊嚴肅穆，氣場非常飽足；約略十餘坪的禪堂，感覺上有如上百坪，禪眾也像是數十位之多，讓我在旁，大氣都不敢呼上一聲。

常捨菩薩馬不停蹄，結束早課與禪坐活動後，火速向我們告別，前往盧卡諾，籌備即將到來的禪五活動。臨行前，她再三為了無法陪伴我們而致歉，還沒等到我們喝下第一口咖啡，她已不見人影。

九點，常捨菩薩的兒子彼得（Peter）開車來接我們；Peter 奉了母命，是日要充做我們的嚮導。

當天微雨，氣溫下降，歐洲的秋天來得一點也不馬虎，讓我們乖乖將帶來的禦寒衣物，都穿上了身。Peter 第一站要帶我們前往參觀伯恩市政府為世界五大宗教籌設的公墓。

在籌備這趟旅程時，負責節目統籌的淑渟曾經十分困惑，我們大老遠跑去瑞士，與墓園有何關係？等到常捨菩薩解說後，淑渟才恍然大悟。果不其然，當我們隨同 Peter 以及另外三位悅眾菩薩的腳步，進入花園般的墓園，再依 Peter 的帶領，來到伯恩市政府為佛教徒預留的墓地區域，我們終於體會到常捨菩薩的用心良苦。

雖然瑞士的佛教徒只占了全人口不到一%，但是，常捨菩薩聯合了其他的佛教熱心人士，與伯恩市府交涉，獲得市府的首肯，闢出佛教徒專屬的墓地，來實踐聖嚴師父教導的四大環保中的禮儀環保。我走在佛像與花團錦簇的佛教徒安葬區域，不但感受不到任何陰濕不安的氣氛，反而有如漫步於花香鳥鳴的空靈世界，分外自在；因此，對於常捨菩薩能夠在瑞士遂行師父的理念而興起更大的讚歎與感佩。

爾後，Peter 一行又領著我們去到「宗教之家」（House of Religions），這也是常捨菩薩的力作之一，她結合了包括佛教在內八種宗教團體的有識之士，成立了此一宗教交流中心，旨在推動彼此之間的了解與交流；我們也當場享用了一餐非常地道的素食印度中飯，依然沒有花上一毛錢，都是那三位悅眾與我們結了善緣。

匆匆結束當日所有的活動，回到住宿地點後，謝過了 Peter 等善知識，我們一行六人又趕緊徒步到二十分鐘外的大型超市，採購次日需要用上的食材。

二〇二二年九月二十六日：遲來十八年的致歉

二〇〇四年，聖嚴師父抱病來到瑞士，在碧坦堡（Beatenberg）禪修中心，帶領了一個禪七，有來自十七個國家、七十多位禪眾，參加了那次的禪修活動。

當時也身負另一重任，為師父料理飯菜的我，在那回的行動中釀下了一個災禍，引起禪堂很大的騷動。某日午飯後，師父跟我說，肚子不舒服，下痢了，我一時六神無主，不知如何是好，師父隨即要我別慌，趕緊去廚房抓一把米，不要洗，直接在鍋裡翻炒到焦黃程度，再注以燒開的熱水，將滾燙的米湯端去給師父飲下即可。我心想，這肯定是師父當年在軍中習得的止瀉方子，就趕緊衝往廚房，開始炒米；卻沒料到，炒米的濃煙，觸動了禪堂的火災警報器，一陣警鈴大響，所有的禪眾全都飛奔而出，趕來救火。

時隔十八年，再次來到碧坦堡尋找師父的身影，我在行前便心意已決，一定要在碧坦堡的廚房，好好燒幾道素菜，邀請禪堂的主人弗列德．凡．爾門（Fred Van Allmen）共同享用，也藉機向他致以晚到十八年的歉意。

我們的團隊租了一輛車子，由余導演和攝影師阿峰輪流掌握方向盤，在當天七點半，就將所有的行李裝上車，駛向位在山峰上的碧坦堡禪修中心。近二十年不見，Fred明顯的蒼老許多，但是他非常高興，還真切地問我，真的要燒菜請他嗎？我高舉著數袋的食材，他看了也開心地笑了，還說能否也邀請另一位禪堂的管理員共享？我回答他，再多加兩、三位都沒有問題。

當天的氣溫很低，我煮了一大鍋草菇番茄豆腐湯，配上紅黃椒燴四季豆、豆腐紅燒洋菇、花菜燒番茄等數樣家常菜，當然，還有一鍋米飯。

當我再現當年惹事的那鍋乾炒米粒時，不知是因為火候不夠大，還是廚房的抽風功能太優良（我們換在另一個大廚房烹煮），始終無法出現煙霧瀰漫的情景，最終只能草草收工。但好笑的是，導演對那碗熱水沖炒米特別有興趣，不但喝光了湯，也吃淨了整碗烏黑的炒米。

Fred與管理員都吃得很歡喜，Fred還要求，想要裝一個便當給他住在伯恩的太太享用，我立刻幫他裝了一個大盒便當，這樣他夫妻倆的晚飯就不用愁了。

飯後，將廚房清理乾淨後，我們隨即展開拍攝工作。拍完Fred的訪問後，由禪堂開始，到餐廳、師父當年下榻的寮房、後院（當年在雪地中拍攝團體照的所在地），乃至師父散步的步道……我們都巡禮了一遍。然後，我也看到當年我惹禍的那個小廚房，在扶疏花木被風吹動的遮掩下，好像也在向我眨眼致意。

Fred為了在天黑前趕回家，就先行開車離去。我在下山時，帶著團隊繞進山下的小鎮，指著穿過小鎮的碧綠河水，以及有如小京都般秀麗的河道景色，讓團隊欣賞，導演居然說，他數年前曾與新婚妻子來此度蜜月。在大家歡聲連連之餘，我還是起了慚愧心，為了我當初一再邀請師父到此一遊，遭到師父拒絕而神傷；我那時也太過天真、太不體貼，抱病到此弘法的師父，哪有多餘的體力被我折騰啊？

接下來，我們要開始趕路，得開上三個半小時，翻越高山，穿過阿爾卑斯山最長的隧道，前往瑞士、義大利邊境的小鎮盧卡諾；那裡，常捨菩薩借得友人的一幢別墅，正在帶領一個禪五。

在入夜八點多，我們才趕到盧卡諾預訂好的民宿；我已累到不行，白天在山上沾染的寒氣在體內糾結，非常不適；於是央求團隊自行下樓吃晚餐，我沖了一個極熱的熱水澡後，立即躺上床，瞬間人事不知。

二〇二二年九月二十七日：來自大陸的禪眾

一早起床，才發現我們投宿的民宿，就在湖水延伸過來的水灣邊上，過了橋的對岸，就是義大利領土；難怪民宿的員工都說義大利語，據說因為瑞士的工資較高，她們每天過橋來瑞士上班，樂此不疲。

早飯後，我們立即趕往常捨菩薩帶領禪五的禪堂所在地。磚紅色的禪堂建在山坡上，建築物具有地中海風韻，站在院子裡往下四望，不但空氣清新，景色亦十分優美。

為了配合我們僅有的拍攝時間，常捨菩薩網開一面，讓二十餘位禪眾在午齋時間可以開口說話，接受我們的採訪。沒想到，一位素昧平生的女眾忽然呼叫我的名字，她的法名叫演明，來自大陸，丈夫是德國人，因為工作被調來瑞士，也就跟著常捨菩薩一同來參加禪修。演明菩薩向我道謝，她是在網路上看過數次《他的身影》影集，每回都感動到落淚；沒想到會在瑞士遇見我們《他的身影2》的拍攝團隊，簡直歡喜到不行。她隨後又擔心地說，常捨菩薩年紀大了，萬一哪天常捨菩薩帶不動了，應該如何是好？我笑著跟她說，還沒發生的事情擔憂無用，等到那一天到來，自會有不同的因緣生起。

踩著夕陽餘暉，我們的車輛必須發動，在拜別常捨菩薩與禪眾們後，還要花上數個小時的車程，駛往蘇黎世的住宿飯店；隔天一早，我們就要搭機飛往下一站——克羅埃

1

2

3

1 瑞士碧坦堡下的城市小京都。

2 一早，常捨菩薩領著大家做八式動禪，接著依法鼓山的儀軌做早課。

3 在瑞士禪堂與Hildi訪談。

4

5

6

7

張光斗與法子 Max 有約，Max 感恩亡妻鼓勵他與聖嚴師父學禪。

張光斗在碧坦堡的廚房煮了幾道素菜，邀請禪堂主人Fred共同享用，表達晚到18年的歉意。

團隊一行人拖著行李準備入住Hildi禪堂。

張光斗重返碧坦堡禪修中心，特別下廚向主人 Fred 致意，解了在心頭 18 年的罣礙。

西亞的首都札格雷勃。

我們的車子穿過無數個山洞，駛過湖泊，翻過高山，還沒進入蘇黎世的境內，原本的細雨霏霏變成了不小的雨注，我一直在途中默念著《心經》與〈大悲咒〉，求請佛菩薩加持，讓駕車的同仁有精神飽足不瞌睡，讓疲累的同仁們沒有病痛災難，順利平安地前往下一站。

CH'AN
禪
KINESKI ZEN BUDIZAM
SHIH-FU SHENG YEN
JEDAN OD NAJVEĆIH ŽIVUĆIH UČITELJA BUDIZMA
JAVNO PREDAVANJE:
"CH'AN PUT KA PROSVJETLJENJU"
EUROPSKI DOM, Jurišićeva 1/I
četvrtak, 15.05.1997. u 19.00 h
Organizator: BUDISTIČKA ZAJEDNICA DHARMĀLOKA

「智慧和慈悲功能之表現，
一定要從日常生活中，
跟他人相處與環境結合，
才能夠真正地落實於體驗的層次；
否則，那僅是盲從的信仰、
空虛的理論和美麗的口號。」
——聖嚴師父

04
克羅埃西亞

1997.5.15-19 ｜歐洲之家五天禪修

克羅埃西亞難忘的一日

二〇二二年九月二十八日：再續前緣

一早七點，鬧鐘響起，我的腦袋有如被泥濘的土石流霸占，真希望有個強力的水管，以大水一口氣將汙泥洗淨；出門在外，睡眠不佳始終是個大問題。打開窗簾，發現室外煙雨瀰漫，啊，瑞士的雨水也真是不少。

下樓吃早餐，一人要二十六瑞士法郎，將近一千臺幣；團員心疼，提議去機場買杯咖啡與麵包打發就好，我堅持，這一天的行程不短，早餐還是要吃好，更何況機場的物價也不可能太便宜。於是，我毫不客氣地將自助餐檯上的每樣食物都夾進盤子裡，外加麵包、優格、咖啡……暴吃到有點嫌惡自己了。退了房，搬下行李，前晚就訂好的巴士，九點前準時抵達；雨勢不小，巴士又停在沒有遮雨棚的遠處，好在我們團隊各個眼明手快，腳程也快，分兩三趟快速地將龐大的行李，一件件地推進了巴士；然後發現，巴士幾乎客滿。

基於前一站在倫敦機場拍攝時，被警備人員干涉的經驗，團隊決定由翻譯張璨文教授與總策畫淑渟在出境大廳守候行李，我與兩位攝影師必須火速在機場外圍錄妥串場，導演則站在較遠處伺候，以防警備人員的隨時出現。或許是腎上腺素的功勞，我一次OK，攝影師阿良與阿峰隨手收好攝影機，回頭與團隊會合。

我們準備前往下一站——克羅埃西亞。

由瑞士的蘇黎世機場飛往克羅埃西亞的首府札葛雷勃，距離並不遠，一個半小時就到了。一九九七年五月中旬，我追隨聖嚴師父由華沙飛到札葛雷勃，當時的機場又矮又舊，像是一處巴士站，如今時隔二十五年再訪，機場已改建，雖稱不上寬敞豪華，但已如村姑搖身一變成了苗條淑女了。

在機場等候我們的司機自稱 Gigi，我跟他說，日文的此一發音是爺爺的意思，他開心極了，好像占了我們很大的便宜。據他說，由機場前往由聖嚴師父的法子查可（Žarko Andričevi）與合夥人卡門（Karmen Mihalinec）建立在札葛雷勃郊外山上的哈特沃斯基禪修中心（Chan Retreat Center Hartovski Vrh），大約需兩個小時的車程。路上，我想起卡門曾經說過的一段故事。

一九九七年，聖嚴師父一行由波蘭華沙飛往克羅埃西亞弘法，下機後，我們兵分兩路，師父與翻譯坐卡門的車，我與攝影師郭重光搭乘另一輛車；我們的車到了目的地許久，都不見卡門的車出現，原來是他們的車在半途拋錨了。

據卡門後來補述，車子拋錨，令她又氣又惱，覺得對不起一路辛勞的師父；當她與師父在路邊等候救援時，一位婦人帶著一個小男孩路過；小男孩一見師父便非常好奇、歡喜，立即詢問師父會功夫嗎？卡門有點尷尬，覺得小男孩不懂事，怎麼會問師父這個問題，沒想到師父非常認真地回答小男孩說他會，並立即拉開了一個前弓後箭的招式，小男孩驚訝到張口結舌，好像見到神仙下凡一樣。卡門說，不僅是小男孩驚奇，就連她自己都非常意外且感動，她沒有想到，一位修行如此高深的高僧，竟然會出現如此純真且平易近人的反應，簡直不可思議到無以復加的程度。

時隔二十多年，能夠再續前緣，前來克羅埃西亞拍攝《他的身影2》，我也覺得因緣不可思議。

我們的車子下了高速公路，穿越城市與街道，又盤旋上一山路；當天的氣溫舒適，陽光由樹蔭的空隙中灑落下來，讓人為之放鬆；就算身體感受到旅途的疲憊，但精神是愉悅的，我捨不得闔上眼睛，盡情貪看沿途的景色。好不容易，我們終於抵達禪堂的所在地，正當眾人忙著卸下行李，卡門已帶著滿臉的笑容，遠遠地由禪堂走過來，歡迎我

1

2

1997 年，聖嚴師父（左5）至克羅埃西亞弘法，與禪眾在札葛雷勃機場合影，左3為查可，右1為卡門。（資料來源：《人生》雜誌）

聖嚴師父在克羅埃西亞禪堂帶領活動。

們的抵達；隨後，查可也快步出現，遠遠地就雙手合十，還伸出雙手，給了我們溫暖的擁抱。

我們將行李收納於寮房後，立即順著主人的善意要求，在寮房進行快篩，等到卡門見到我們都是一條線的檢疫結果後，就開心地帶領我們前往齋堂，享用過時仍候著的午齋。卡門說，主廚桑雅的廚藝特別好不說，心思也非常細密，猜想我們去國多日，在豐富的餐飲外，特別為我們又準備了中式的煎餃。果不其然，早已飢腸轆轆的我們，有如秋風掃落葉，幾乎將食物一掃而空；桑雅見到我們如此捧場，甚是高興，立刻又由廚房端出蘋果派，追加滿足我們的口腹之欲。

飯後，卡門帶領我們在園區走了一圈，並將道場興建的過程做了簡介。卡門說，為了實踐對聖嚴師父的承諾，將漢傳禪法在歐洲扎根，他們前後花費了十五年的時間才達成心願。一開始，四處尋找適合禪修的場地，往往是心儀的地方太貴，買得起的地方又不理想。有一天，開車來到一處山頂勘查，他們覺得還是不理想，忽然雲消霧散，往下一望，居然發現此刻道場的所在地，立馬奔赴過來。此土地的地主分屬三人，因周遭都是國家森林區，法律的規定也非常繁複，但他們都一一克服了問題。

等到準備建設道場，自然會碰上調度龐大資金的難題，幸好在佛菩薩的加被下，獲得各方湧來的善款護持；二〇一九年道場終於落成，退居方丈果東法師還帶領了許多善知識，風塵僕僕地趕來，圓滿落成與開光儀式。卡門說，如今回首來時路，還真是有點不敢相信，在眾志成城的殊勝因緣下，將道場建成了。

查可與卡門非常謙虛地表示，從道場的設計到建設，他們都謹記了聖嚴師父的教誨，以環保的理念做依歸，無論造形、色彩、建材等都要與周邊自然合而為一。我們停留在道場的幾天，不但有賓至如歸的歸屬感，就算外出拍攝，碰到吃飯時間，也都必然趕回道場用餐，因為卡門難得自誇，克羅埃西亞境內絕對不會有任何一家素食餐廳，比得上道場的好滋味。聖嚴師父說過，「食輪不動，法輪不轉」，我們團隊六人，每天開放肚皮，享受健康又可口的美食，果不其然，拍攝過程的效率都非常理想，一路順利。

道場的視野非常廣闊，天空就是三百六十度的立體大銀幕。白雲滾滾於烏雲之間，忽隱忽現，像是嬉鬧的小童，玩耍著捉迷藏；西下的夕陽也是魔術師，為天上的雲層妝點出層次分明的顏色，連環更動，七彩變幻。我們在步道上緩緩漫步，也陪著攝影師阿良升起空拍機，就算時間過了九點，還是捨不得回寮房休息；一直到天色完全暗了下來，我們才乖乖地鳴金收兵。

當晚，躺在寮房溫暖的棉被裡，戶外忽然傳來強勁的風聲，呼嘯過來，又奔騰而

1

2

1. 哈特沃斯基禪修中心與周邊自然合而為一。

2. 張光斗訪問查可與卡門，追憶聖嚴師父的教導，也發願在克羅埃西亞弘揚漢傳禪法。

去；隨後，風才停，雨點就開始淅淅瀝瀝地在屋頂上跳起芭蕾舞。那一瞬間，我有了錯覺，感覺躺在法鼓山禪堂後方的寮房裡。法鼓山的風和雨，一向就是利於安眠的協奏曲；逐漸地，呼吸的節奏與室外大自然的聲音合而為一，人也漸次地輕鬆下來，遂將一天的疲勞甩到腦後，不知不覺地沉沉睡去……

3

4

3 依循聖嚴師父的環保理念而建的哈特沃斯基禪修中心，歷經 15 年終於在 2015 年落成啟用。

4 團隊準備搭乘小型飛機前往克羅埃西亞的首府札葛雷勃機場。

隨順因緣最是好

二〇二二年九月二十九日：在地好夥伴的道心

不知是東西南北，何方來的雨水，哪怕不時地轉變手中雨傘的方向，還是無可避免地沾濕了褲腳。我們由寮房快速衝到禪堂，因為查可與卡門要接受我們的訪問。

查可原是武術老師，卡門則是瑜伽老師，他們兩位簡直是太好配合的受訪者，都爽快地答應表演一段自己的絕活，供我們拍攝。先是查可上場，他在拳腿伸展的快慢之間，擺出身心統一的專注神情，尤其是一記飛騰而起的架式，高舉九十度的單腳，在空中與雙手連續啪啪幾聲交集，迸發出強大氣場，把我們團隊六人都看得瞠目結舌；這一下，我們都懂得了，那絕對是長時間苦練才能展現出的真功夫，遠非花拳繡腿的小把戲所能比擬。

卡門的瑜伽也絕不含糊，她的頭、頸、背、腰、腳好像都裝上了自動轉軸器，無論是手腳的協調，全身關節的折疊，就像訓練有素的軍旅，就算沒有口令，也都能隨著她的意志，將肢體的能量延展到某一個極度的空間；老實說，我幾次都下意識地閉上眼睛，無法直視，那根本不像是一般人可以做到的肢體語言。

忙完上午的工作，下午是預定的行程，我們要回頭去尋訪聖嚴師父於一九九七年初抵克羅埃西亞帶領禪修活動的禪堂。原本卡門跟我們說，當天要準備即將開始的禪七，她與查可或許抽不出空陪同前往，但是已將地址告訴我們的小巴司機。沒想到出發之際，卡門與查可雙雙出現，原來他倆還是放心不下，硬是排除要務，陪我們走一遭；我們的車先出發，卡門駕駛的車隨後跟上。我在車上忍不住地笑著跟團隊說，佛菩薩真的聽到我的聲音了，我內心有極大的渴求，希望他倆得以同行，畢竟他們都是當年的主辦人，若要還原當年的現場實景，少了他倆多可惜啊！

幸虧查可與卡門跟來了，我們的司機數度在蜿蜒山丘社區的十字路口上猶疑，幾度電話確認，卡門的車子忽然由一個巷道鑽了出來，正確無誤地帶我們找到了舊時地。那個建在山坡上的建築物，當年是查可與卡門租借的，時隔二十五年，當年的女房東已經將建築物賣掉，此刻似乎住進許多戶人家。

卡門說，當年的他們真是年輕膽大，以一個空間不夠大的所在之地，竟膽敢接受四、五十位的禪眾報名不說，包括每天需要備妥的三餐，還有晚上讓禪眾安板的地方，都在克難的情況下，驚險過關。

我說，二十餘年來幸虧他們有堅定不移的道心，才得以克服所有的考驗，一步步地走到今天；相對之下，此刻站在充滿了傳奇故事的建築物前，更加顯出聖嚴師父當年不畏辛勞到此播下漢傳佛教的種子，具有多大的智慧與可貴的毅力。最後，我們經過住戶的同意，一同列隊於建築物的台階上，也就是在師父當年與禪眾合照的相同定點，拍了張合照，那一瞬間，我非常清楚，我們臉上展現的笑容與一九九七年師父和禪眾所漾開的笑容，是一樣地幸福且富足。

二〇二二年九月三十日、十月一日：回憶歐洲之家演講

回到禪修中心，拍攝團隊難得享有一個放鬆的日子，兩位攝影師與無人機拍攝空景，導演與總策畫歸檔拍攝資料，我與張瓈文教授則在禪堂裡打坐，或是在園區裡經行、漫步。

中午在齋堂吃完午齋，卡門指著牆上的一張海報跟我說，那是聖嚴師父一九九七年在札葛雷勃的歐洲之家，舉行公開演講的原版宣傳海報。查可也感慨地說道，師父當年公開演講所引起的爆滿旋風，到此刻為止，都是空前的盛況；二十多年來，不曾有過任

1 卡門的瑜伽不含糊，她的頭、頸、背、腰、腳都能流暢轉動。

2 查可是武術老師，拳腿伸展的快慢之間，都散發強大氣場。

3 離開克羅埃西亞前，查可與卡門與團隊俏皮地揮手合照留念。

何一位宗教師再現師父當年創下的紀錄。

卡門接著說道，希望師父所有海內外的弟子們都能加油奮進，尤其是師父有那麼多豐富、珍貴的著作，如果有更多人加入將其翻譯成英文，她才可以翻成克羅埃西亞文，其他國度的人也就可以翻譯為波蘭文、德文、俄羅斯文、法文等。如此一來，漢傳禪法必然可以無遠弗屆地利益更多的眾生。

參加禪修活動的禪眾陸續報到。用完早齋後，九點整，我們在齋堂集合，查可與卡門也如約而到，帶來了鉛筆、筆記本、T恤、環保袋等一大堆禮物，分別送給團隊成員。查可感性地感謝我們的到訪與拍攝，重訪師父的足跡，並強調這是非常重大的使命；卡門則說，她看過《他的身影》，非常感動；這次目睹我們團隊的敬業與專業，更是期待我們的辛勞可以早日在作品中呈現出來。輪到我了，才說了幾句，一提到一九九七年師父抱病前來的回憶，我的說話機制再次失靈，語不成句；查可與卡門都上前來擁抱我，為我加油打氣。

早齋結束後，我們開始打掃寮房與浴廁，然後集中行李，準備下山。用完午齋，我們的中巴司機準時來迎，查可由禪堂趕來送行，我們不想打擾在禪堂用功的卡門，但查可強調卡門說好一定要來的，果然，才說完話，遠遠地就見到卡門快步出現。我們期待查可與卡門有機會一定要回臺灣的總本山走一走，他倆也邀請我們有機會一定要再來克羅埃西亞；原來，這就是四海一家的另一種心靈契合啊！

我們先進城入住飯店，隔日上午，我們要造訪師父於一九九七年造成轟動的歐洲之家；當天下午，就要轉往伊斯坦堡，步上返家的路程。

二〇二二年十月二、三日：無緣的歐洲之家

有了熱心的信眾瑪雅帶路，我們由飯店徒步前往歐洲之家。瑪雅先為我們打了預防針，說是多次聯絡歐洲之家，為我們申請拍攝許可，對方都以各種原因拖延答覆。我跟瑪雅說，盡心盡力就好，我們隨順因緣，切莫有任何的負擔。

到了歐洲之家的樓下，瑪雅按了門鈴，對面咖啡廳的女老闆幫我們按開了樓下的大門。我當機立斷，立刻請攝影師開拍，由大門開始上了樓梯，解說一九九七年，因為人潮擁擠，師父在人牆中穿梭而上的盛況。等到通過盤旋的樓梯，我發現牆上醒目的龜裂痕跡，咖啡廳老闆說二〇二〇年發生大地震，造成整棟大樓與歐洲之家的損害，至今尚未修復。

不屈不撓的瑪雅，再次打通了歐洲之家負責人的電話，對方說要到下午一點才可決

1

2

3

1 聖嚴師父在 1995 年與禪眾在克羅埃西亞禪堂外的台階上合影。（資料來源：《人生》雜誌）

2 查可與卡門曾專程率眾回山，與聖嚴師父（中）、果東方丈（右）、果元法師（左）合照。

3 聖嚴師父對查可、卡門的寄望很高，期望克羅西亞能成為漢傳禪佛教在歐洲傳播的重鎮。

1. 聖嚴師父在 1995 年與禪眾在克羅埃西亞禪堂外的台階上合影。

2. 1997 年聖嚴師父在歐洲之家演講時，聽眾擠爆會場。（資料來源：《人生》雜誌）

3. 《他的身影 2》團隊重返當年聖嚴師父帶領禪修的建築物（左圖），於當年法師與禪眾合照的台階上合影（右圖）。

4. 掛著 1997 年聖嚴師父在歐洲之家演講的原版海報，《他的身影 2》團隊特別與查可、卡門在海報前留影。

3

4

定是否讓我們進入。瑪雅就領著我們去素食餐廳用餐，她堅持要請客，被我們阻攔，她說前次去臺灣法鼓山朝聖，她一毛都沒花到，我只好婉言與她商量，飯後的咖啡讓她請客，她立展歡顏。

1 因為安全理由而無法進入歐洲之家拍攝，只能在歐洲之家一樓門口留影。

我們終究還是未能進入歐洲之家拍攝，對方提出基於安全考量的理由，我們自是要尊重。當我與團隊坐在歐洲之家對面臨街的咖啡座上，說著師父當年演講過後，在此休息候車，被不捨離去的聽眾們團團圍住的盛況時，彷彿又墜入了時光隧道，也跟著回到當年的場景：疲累的師父，臉上卻堆滿了誠意滿滿的笑容，著急的查可拚命疏散不肯離去的聽眾；而我，只是陪在師父身旁傻傻地笑著，師父具有好大的魅力，像是偶像明星，人氣絕頂，霞光萬丈。

「怎麼修行？是要在平常的生活中去體驗。
尤其，我們都還是凡夫，當在平常的生活中，
以平常的身心來體驗佛法，這是非常重要的事，
禪並沒有那麼奧妙，只要在日常生活中留心，
便可見到處處都是禪了。」
——聖嚴師父

05 香港

1988.7.13-15｜香港佛教青年協會

風雨生信心

二〇二二年十一月二日：法鼓山香港道場的襄助

在上機的前一天，我們接到法鼓山香港道場的溫馨提醒，颱風來襲，十一月二日午後，會掛起八號風球，所有公司行號都要關門休息，避開風災。是故，我們乘坐的飛機接近香港上空時，不停地搖擺舞蹈，似歡迎也似警告，也就一點都不足為奇了。

飛機平安落地，也順利取得行李出關後，就與特地來接我們的 Judy（游石蘭）相認了。Judy 是臺灣人，嫁到香港數十載，開了一部七人座的旅行車，不但塞進了所有的行李與配備，也讓五位團員全數安然入坐。Judy 說，我們在香港停留時間，她就是我們的專屬司機，如果行程中遇有停車不易的狀況，她再把同修黃炳文捐出來；由黃師兄駕車、她當嚮導，帶領我們前往拍攝處，就得以節約時間。

果然，Judy 的確為我們團隊的到訪做足了功課，如果不是他們夫妻倆的溫馨接送，以及細密牢靠的安排，我們絕對無法在短暫的四天當中，如數拍完預定的行程；當然，法鼓山香港道場的全力支援，加上常展法師、常禮法師無微不至的關照，都是我們香港之行福星高照的關鍵因素。

法鼓山香港道場為團隊預訂了離道場很近、走路可到的翠雅山房住宿；我們才卸下行李，香港道場的監院常展法師就來關懷，給團隊帶來了十足的好能量。出發之前，我便對取得英國倫敦藝術大學藝術碩士學位的常展法師十分好奇，據說藝術涵養很高，出家前是香港著名室內設計師，已將原為工廠倉庫的樓層，改建為禪意十足，且具有法鼓家風的莊嚴道場。

果不其然，當常展法師帶領我們沿著山間小路走到道場，參觀後我讚歎不絕，無法合攏一張嘴，如果聖嚴師父能夠親眼目睹香港道場的簇新建設，以及處處皆見巧思的設計，不知道會有多麼歡喜。

二〇二二年十一月三日：重返聖嚴師父演講之地

如今回頭看，這一天拍攝工作的難度，還真是無法預測，幸虧有了主動、能幹與反應靈敏的游師姊領隊，否則後果難料。

是日，受到颱風的影響，微雨；僅是上午就安排四個拍攝地點：聖嚴師父曾經蒞臨演講的沙田大會堂、師父到訪過的中華佛教圖書館、師父演講過的香港理工大學賽馬會綜藝館，以及代表香港的地景之一——維多利亞港。

前兩地的拍攝都很順利，游師姊派出了她的王牌黃師兄負責駕車，她則是一馬當先領著團隊，快速找到合適的拍攝地點。沒料到，第三站就碰到了考驗。歷經過街頭運動，以及疫情的影響，香港理工大學的門禁非常嚴格。我們先在一個大門前申請，門衛檢查過後，表示沒看到我們事前的申請書；游師姊火速回報道場，請道場的 Monet 趕緊協助處理；經過門衛的指引，我們又改道繞彎，尋到該大學的另一個大門，游師姊幾經交涉，門衛也驗過我們的疫苗注射證明後，只允許三個人進入，最終，一位攝影、導演與我，火速穿越過檢查站，也在該校舉辦畢業典禮的人潮中，找到我們需要拍攝的場地，分秒不耽擱地開始工作。

才完成該校的拍攝，黃師兄火速開車到九龍的海港城停車場，準備讓我們居高臨下取景維多利亞港。時間已是下午兩點半，我們趕緊兵分三路，我與工作人員立起腳架尋找適合的角度，游師姊幫忙巡弋，以防保安人員來巡查；黃師兄與總策畫淑渟則小跑步到附近食肆去買便當，我們幾乎都要餓扁了。

機動力極強的團隊，在停車場席地吃完便當後，又立即出發，由九龍穿過海底隧道前往香港島，尋訪師父曾多次舉行數千人公開演講的伊利沙伯體育館、位居銅鑼灣只有七十平方呎的第一處法鼓山香港共修處，以及師父到訪過的佛書專賣店「佛哲書舍」。

我們的晚餐也在佛哲書舍解決，只因香港政府對疫情的掌控，我們不方便前往餐廳用餐，香港道場的義工事先幫我們訂素食便當送到書店。早已到場等候我們的郭永安師兄，以及書店的老闆高慶輝居士，熱心地幫我們送茶倒水，讓我們很快解決了晚餐，又很講效率地完成訪問工作。該處很難停車，黃師兄接到我們的訊息後，才又出現在店門口，讓我們魚貫上車，在香港島燈火燦爛的窄小道路，以及車燈連環的車陣中，駛向九龍的旅店，結束了這極度緊張匆忙卻又成就感十足的一天。

二〇二二年十一月四日：家人般的溫情

一早起床，小雨紛飛；等到集合時間八點半一到，不但游師姊的座車已在等候，雨也停止；上車前，我們又謹慎地以快篩檢驗，五人全都一條線，安啦！

上午在香港九龍道場訪問常禮法師，以及拍攝道場的空鏡。常禮法師私下跟我說，二〇〇八年，法師尚未出家，在吉隆坡的法鼓山道場，聽過我跟隨聖嚴師父在西方弘化的見聞故事，因而種下日後出家的種子；我心頭一驚，立即反問常禮法師，我當年的信口開河，沒讓法師日後懊悔吧？常禮法師笑得十分燦爛，立刻安了我的心，我也才放下罣礙，向法師雙手合十。

中午，我們一行離開道場，趕赴聖嚴師父一位香港弟子的午宴款待。他雖然因職務關係，不便接受我們的訪問，卻堅持要盡地主之誼，在他的私人招待所，準備了一席精緻的素食料理，招待團隊與幾位法鼓山信眾。這一餐，是我們抵達香港之後，第一頓吃得沒有時間壓力，又色香味都極其精緻的美饌，每個人的臉上堆滿笑容；我心想，感恩聖嚴師父，讓我們無論到了何處，都受到當地信眾溫熱和煦的款待，那如同家人相聚共享的和樂天倫，豈止是「珍貴」二字所能形容？

午宴後，由常展法師帶路，我們一行徒步到法鼓山香港道場位於尖沙咀的另一處禪堂。這個由信眾提供的禪堂，位在九龍最繁華的路段，雖然規模不大，但具有舉辦禪修活動的足夠空間。常展法師說，此一道場得地利之便，於平日晚間時段所安排的禪修活動，吸引了許多年輕上班族的參與，特別是女性，非常踴躍。

常展法師分析，香港經過前幾年的社會動盪後，尤其是年輕族群，極為需要安定身心的慰藉與支持，聖嚴師父宣揚的漢傳禪佛法，及時地發揮了作用，為香港民眾提供了適時的心靈處方籤，對於香港社會人心的撫慰與激勵，稱得上是一場久旱後的及時雨。

1 1997 年，聖嚴師父在香港伊利沙伯體育館演講，由慧淨法師擔任粵語翻譯。（資料來源：《人生》雜誌）

2 2002 年，聖嚴師父於香港理工大學賽馬會綜藝館，以「如何因應嶄新的二十一世紀」為題演講，共二千多位聽眾參與。（資料來源：《人生》雜誌）

福田大家種

二〇二二年十一月四日：天明與香港道場傳奇

這一天，在法鼓山香港道場進行監院常展法師、悅眾菩薩、信眾的三代聯訪等攝製工作。採訪常展法師是非常愉悅的經驗，法師的言談輕鬆自在，不見任何包袱，真誠坦然。回顧來時路，法師說，大學畢業後對佛法產生興趣，尋找到的皈依處竟然是法鼓山香港道場。香港道場資深義工陳天明覺得道場需要新血的加入，便開始積極接引法師，邀他到道場當義工，又引薦他回臺灣總本山世界佛教教育園區參加禪修、念佛等活動；一直到三十五歲那年，法師說感恩聖嚴師父的臨門一腳，將他踢進佛門，決意出家。

常展法師進一步說道，在聖嚴師父的晚年，他數度回臺參加一些重要會議，並開始思考，如果有一天，師父的色身不在了，法鼓山的僧俗四眾又該如何應對？二〇〇九年，師父示寂，常展法師受到強力衝擊，當下憬悟：此刻不出家，欲待何時？便毅然決定放下一切世俗的牽絆，包括女友。沒想到，日後因緣具足，竟然讓常展法師與陳天明菩薩攜手，締造了香港道場傳奇的另一頁。

先記述陳天明菩薩與聖嚴師父的因緣。

陳天明的同修鞠立賢菩薩來自臺灣，是位熱心的佛教徒，也在聖嚴師父座下皈依三寶。鞠師姊認為天明菩薩在商場中翻滾流離，沒有中心信仰殊為可惜，尤其已經有位明師在前，豈可在紅塵中遊蕩，不起皈依心？於是趁著師父在香港弘法的機緣，極力接引天明菩薩到飯店去見師父一面。說也湊巧，天明菩薩與鞠師姊前一步走進師父房間，我後一步到，我親眼目睹天明居士初見師父的侷促不安。

或許因為天明菩薩與師父的宿世因緣，從此以後，只要師父一有呼喚，無論是臺北、香港、泰國、新加坡、澳洲……天明菩薩必然放下一切手邊要務，立刻飛奔到師父身畔；師父圓寂後，只要是法鼓山的事，天明菩薩也都優先處理；他的家也曾是法師、居士們路過香港的下榻良所，他家的外勞因而被訓練出一手素食好廚藝。

二〇二二年十一月四日：香港道場是陳天明的起家厝

話題再回到法鼓山的香港道場。

香港九龍荔枝角的法鼓山香港道場，位處香港工業區的一棟大樓，原本多做倉庫之用，陳天明在此發跡，事業非常成功。皈依後沒多久，被聖嚴師父辛勞弘化眾生、全球奔波勞碌所感動，天明菩薩將所擁有一層樓面的一塊區域整修完成，當作法鼓山的共修處，師父還曾親自蒞臨灑淨過。

爾後，潮來潮往，世間的無常串起散落，當然也是緣起緣滅，香港道場的變數也跟著浮動不定，直到某一天，僧團與天明菩薩開過會議後，天明菩薩做了決定，除了先行疏通家族的意見之外，也願意本著福田大家一起來種的理念，願意將兩樓層以市價的一半，讓渡給法鼓山香港道場。

香港土地寸土寸金舉世所知，雖然砍為半價，但高達八位數的地產，一時之間要想集腋成裘，談何容易？卻沒想到，此事在信眾之間傳播出去，卻發生了一件不可思議的奇蹟。有一天，天明菩薩忽然接到緊急通知，請他趕回道場；等到他一抵達，發現一位在道場當義工的師姊，領著她家的師兄急切地表示，只有市價一半的兩樓層，簡直太便宜了，如果不趕緊下訂，他日讓他人或別的團體買走，豈不扼腕氣結？當場，她的同修即拿出支票本，寫出了一個數字，竟幾乎是售價的一半，這下在道場造成大轟動。

最始料未及的是，先是天明菩薩，後是這對賢伉儷，此一護持道場，拋磚引玉的義舉，立即造成見賢思齊的感動浪潮，信眾們的願心紛紛大起，願力環環相扣，人人都爭著慷慨解囊，除了有人捐錢，還有人認捐榮譽董事……不旋踵間，不但湊齊了購買道場的預算，還累積了建設、裝潢道場的經費。

常展法師引導我們參觀香港道場的兩層樓面時，特別停在祖庭的一處空間前方，內裡置有聖嚴師父生前坐過的藤椅；常展法師說，當初設計時不曾聽聞過，等到改建完成才知道，此一空間當初就是天明菩薩與他父親辦公的起家處，分毫不差。

二〇二二年十一月六日：眾志成城的圓滿

這一天的第一個行程，就是採訪陳天明菩薩。一見到天明菩薩，我就追問他將起家厝讓渡給法鼓山的往事，他哈哈大笑道：很多人問他是否會後悔？他說，那位捐出八位數港幣的義工夫婦，連聖嚴師父的本尊都沒見過，都能如此發心布施，相形之下，身為師父的弟子，他能夠起一個頭，奉獻一點微薄的力量，便是小事一樁了。隨後，一向喜歡開玩笑的他，正色地跟我說，能夠促成信眾們一同來種福田，宣揚師父的理念，才是真正該走的菩提道。

這一晚，我們終於在九龍的半島酒店採訪到丁珮菩薩。

丁珮菩薩自一九八八年開始，曾多次在香港的文化中心與伊利沙伯體育館，為聖嚴師父舉辦大型的弘法演講；她不但運用人脈，邀請香港電視台的美術指導布置會場，還擔任師父演講的主持人，真是盡心又盡力。因此，來到香港錄製《他的身影2》，說什麼都不可遺漏了丁珮菩薩。

丁珮菩薩特地為我們租借了半島酒店的一間套房，作為錄影訪問之用；目睹我們團隊在現場的燈光、攝影機擺放後，立即讚美我們的團隊非常專業。她說，這麼多年來遇見過不少高僧大德，她認為聖嚴師父說的法最是生動易懂，也最能與她相應。對於過去能夠為師父舉辦大型法會，她也謙虛地說，能為具有如此高妙佛法造詣的高僧做點事，也是她的大福報。

採訪完畢後，丁珮菩薩立即招呼我們團隊在酒店的餐廳享用素食餐點；多年茹素的她，進食不多，卻一直在勸請我們不要客氣，一定要吃飽。等到飯食告一段落，丁珮菩薩當場正色正坐，為我們念誦一部〈普賢菩薩行願品〉，要為我們團隊祈福。她說，年輕時不愛讀書，沒想到年紀大了，反而喜歡讀經、背經。將近四十分鐘，丁珮菩薩低眉垂眼，莊嚴肅穆地將每一句經文，緩緩背誦出來；她的音韻和咬字，無論抑揚或頓挫，如同唱誦詩篇，非常殊勝。等到她唱誦完畢，團隊的成員都不禁鼓掌讚歎，傍有經文在側的游師姊、淑渟都同時指出，自頭到尾，丁珮菩薩一字不落、一字不差。

1

法鼓山香港道場永久會址購置簽約儀式，由副住持果品法師（左3）、監院常展法師（左2）與資深護法陳天明夫婦（左5與左6）共同完成。（資料來源：《人生》雜誌）

2

3

4

致贈聖嚴師父法照給香港禪堂的常展法師。

在香港半島酒店致贈丁珮師父墨寶表達感謝。

《他的身影2》團隊香港行，幸得游石蘭（前排左3）與同修當司機又當導遊，讓拍攝工作順利進行。

當我們坐上游師姊的座車，準備返回飯店時，眾人似乎都還沉浸在丁珮菩薩的唱誦中，沉默而安然。

這天預計搭乘晚上的班機，飛往以色列的首都臺拉維夫，但是白天的行程依然滿檔。上午先到香港佛教青年協會，拜訪袁文忠會長；香港佛青當年也多次邀請聖嚴師父到港弘法。提及往事，袁會長印象最深的就是師父要他們不要有壓力，不要擔心聽眾不夠多；師父說，只要能夠利益眾生，就無須太過執著人數的多寡。

我們準備了供養金給香港佛青協會，袁會長夫人立刻又包了數千元港幣給我們，希望給辛勞的團隊在路上買水喝。同樣地，游師姊數日來出錢出力，我們的團隊補貼一些油錢、過路費給她。結果很有趣，我們將袁會長賢伉儷的美意都交給常展法師，充作道場日常所用；等到我們進入香港機場，游師姊發現我們放在車內的一點微薄心意，也立即在簡訊中表示，也要捐給道場，她一分都不肯保留。

當天下午，我們又兵分兩路，一路人馬去訪問當年聖嚴師父弘法的粵語翻譯演慈法師，另一組則是拍攝香港道場的瑜伽活動。等到晚上在機場準備搭機了，才發現腿痠背疼，眼睛都快睜不開了。雖說如此，對於二十年不曾再去的以色列，還是存有幾分不安；坐在飛機裡，身旁的團隊成員都已熟睡，我卻還是輾轉難眠。

「不同的民族也許會有不同的宗教信仰，
但最好都能回歸每個宗教宣揚『愛』的立場，
唯有拋開仇恨，學習包容、原諒、寬恕，
才能開啓和平的契機。」
——聖嚴師父

06
以色列
巴勒斯坦

2003.12.8-16 ｜巴勒斯坦與耶路撒冷的世界宗教暨精神領袖理事會、
特拉維夫的佛教團體 Bhavana Hous

大菩薩來救援

人們常說：「在家樣樣好，出門處處難。」還真是一點都沒錯！

籌備以色列的行程時，發生相當嚴重的困擾，翻譯群組領頭羊是張璙文教授，只因任教的大學無法再請假、調課，她早早表明以色列無法同行；另一位翻譯菩薩先是願意承擔，但遭逢母親生病的突發事件，也得告假；另一位因為身體不好，無法勝任。這下可好，日常行走，憑著我們的破英文，多少可以通行無阻，一旦涉及正式的訪問，缺乏一位勝任的翻譯，對於採訪對象是非常失禮的。

某夜，困坐愁城的我，面對著電腦，忽然靈光乍現，想到英國行遇見的李鑫曾玩笑說，如果以色列的行程需要有人開車，他也可以飛過去。於是，我立即與李鑫聯繫，他是個明白人，一聽到我的敘述，先是傻笑（我後來才得知，他剛跳槽到另一個公司，不好請假），但迅速明瞭我的焦躁，要我稍候，等他的消息。

沒過一會兒，李鑫捎來了天大的好消息，他說有一位來自中國大陸西安的留學生齊思宜非常優秀，曾在法鼓山倫敦聯絡處參加過共修，剛好又飛到以色列首都臺拉維夫，學習古希伯來語；李鑫與齊思宜聯絡上，她不假思索地立即答應，願意在我們停留臺拉維夫的期間擔任義務翻譯，我開心地差點大吼大叫。

李鑫又問我，以色列的飯店與拍攝行程都安排好了嗎？我隨即嚥下了歡樂的笑聲，心虛地回覆他：「還沒呢！」李鑫趕緊提醒我，上回在倫敦認識的阿薩夫（Asaf，演持菩薩）來自以色列，他說過如果團隊前往以色列拍攝，他願意同行提供一切協助。我跟李鑫說，或許是阿薩夫客氣的外交辭令，如何能將人家的客氣當真呢？李鑫沒有浪費一點時間，又要我稍候片刻。

五分鐘不到，李鑫又回話了，他說阿薩夫是真心願意協助我們到他的國家拍攝，只要我們告訴他準確時間，他會由倫敦提前返回以色列，為我們安排飯店，以及聯絡想要採訪的受訪者，並事先向臺拉維夫的敏感地點申請拍攝許可。

那一晚，我的煩惱倏忽不見了，換來的是一宿甜美的好夢。

二〇二二年十一月七日：臺拉維夫通關驚險插曲

十一月七日，我們又是凌晨時分抵達土耳其的伊斯坦堡機場，準備轉機。與香港嚴肅面對疫情，人人自危不安地戴著口罩，還有只打過兩劑疫苗的我不准進入任何餐廳等嚴格法令相比，人潮洶湧的伊斯坦堡機場幾乎沒人戴口罩，也不見任何的防疫管制，我忽然發覺連呼吸都順暢許多。

但是，當我們走近轉機的閘口時，便看到較一般森嚴的檢查，不但先行驗證、驗票、驗手提行李，就連上機前也都還要再驗一回。我們的飛機在準備下降臺拉維夫機場時，忽然一個緊急拉抬，重新爬高，就算機長通過廣播說了些什麼，我也沒聽懂；等到第二次下降，終於成功落地，全機發出一陣如雷的掌聲。

下了飛機，人潮在一轉彎處全都堵住，原來所有外籍的旅客，都需要在機器前放進自己的護照，取得一個安全條碼，才能繼續前進；攝影師阿良屢試不過，只能急忙地幫他找地勤人員代勞。

入關的數個審核櫃檯前，都排列了非常長的隊伍，此一時刻，在下就發揮了善求生存的本能了。我先是帶著大家往最右側排隊，一般機場在旅客增多時，臨時加開的櫃檯都在旁側。果不其然，我發現右側的石柱後方還有兩個櫃檯，因為石柱擋住了視線，列隊的人少了很多，就趕緊叫大家跟著我轉過去。

才排隊不到一分鐘，又發現一位便衣警察在發紙條，於是我立即上前，他看了我的護照後，就撕了一張白色便條紙給我，憑著這張便條紙，可以立即穿過人群到下一關，一位女性收走紙條，將護照在機器前掃瞄後，我們就可以直接提取行李了。為此，我有點小得意，只不過我們的團隊大概都太過緊張，沒有為我的小聰明給一點掌聲。

出了關，才不過中午十二點多，我們得在機場一邊等候齊思宜與阿薩夫，一邊要熬到五點才能去租車公司取車。我們這一集的企畫承曄是位老實又務實的好青年，他在臺灣先行研究我們的拍攝行程，基於租車公司的罰款制度非常嚴厲，哪怕延遲一小時還車，都要罰一天的租金，因此好心地要我們多等候幾個小時，好方便後面時間的調配。好在臺拉維夫機場的ＷＩＦＩ是我們途經國家中最是慷慨的，可以無限制地持續使用，因此，我們買了咖啡與三明治，便心安理得地低頭刷起手機；大約一小時後，齊思宜、阿薩夫一同出現了，專心刷手機的成員們才出現了一個歡樂的小高潮。

蓄著齊耳短髮的齊思宜，果然具有唐朝女子的輪廓，好像是從長安古城中迤邐而出的婀娜美女。她的學校有課，為了我們的到來，她得調課不說，還要向教授請假，相處的數天中，我多次擔心她的課業與考試，她總是笑盈盈地安我的心，說是會請教授吃飯，可以補考，不會有問題的。

阿薩夫亦然。我向他致歉，他須向倫敦的公司請假，他反倒感謝我，能有如此堂皇的請假理由真好，不但可以親近從臺灣來的善知識，也可回鄉探視許久不見的雙親。

或許是心情愉悅的因素，很快到了取車的時間，只不過，適逢下班的高峰期，高速公路擠得水泄不通。阿薩夫提議，先到他生長的家鄉嘎拉那那（Galanana，新鮮之意），吃完晚餐後上路，高速公路的車子會少很多，屆時再送我們到旅館。想到可以認識阿薩夫的故鄉，我們都歡喜贊成。

阿薩夫領著我們到他自小就常去的一家餐廳，老闆見到他很驚喜。阿薩夫說，當地庶民的日常食物大都是以奶蛋素為主，尤其以鷹嘴豆泥作為烤餅的佐餐食物最是大宗，不但蛋白質充足，對身體也好。總之，到以色列的第一頓餐食還真是特別，我尤其喜愛烤餅，與新疆的饢有點像。

用過晚餐後，就駛向事先租好的飯店，阿薩夫替我們節省預算回家住，隔天一早再來與我們會合；齊思宜則與總策畫淑渟擠一個房間。進入房間時，已是晚間九點，我迫不及待地沖了個澡，就躺平在床上，立馬人事不知，昏睡過去。

一早，六點半團隊就集合完畢，這一天有重頭戲，需要花費近三個小時的時間趕路。是日，我們要沿著地中海的邊緣，路過以色列的大城海法，前往山區探訪施洛莫（Shilomo）。二〇〇三年，聖嚴師父以聯合國宗教理事會理事的身分，前往以色列，為以巴民族的紛爭做調解。施洛莫曾經跟師父學佛，也曾住過紐約象岡道場，當過半年義工；當他得知師父來到以色列，臨時組織了一個佛教講座，師父也慈悲應允前往，當日來了許多聽眾。

施洛莫是我們以色列之行必須採訪的主要人物之一。說來慚愧，我對他當年的存在，已沒有留下任何印象。

1

從《他的身影》中找到了2003年施洛莫（左3）在聖嚴師父到以色列講道時，專注參與的畫面。

1 聖嚴師父當年曾參訪以色列哭牆，為世界和平祝禱。(陳漢良攝)

2 2003 年，聖嚴師父參觀耶穌走過的苦路，在苦路的坡道上行走的背影，讓人印象深刻。

3

4

2003 年，聖嚴師父（左3）展開中東和平之旅，隨同為世界宗教暨精神領袖理事會拜訪猶太法學組織，左4 為猶太教全球最高領袖 Rabbi Amar。（資料來源：《人生》雜誌）

2003 年，聖嚴師父與其他宗教領袖拜會巴勒斯坦總理艾哈邁德．庫賴（Ahmed Qurei，聖嚴師父右2 者），聖嚴師父曾表示對巴勒斯坦人的印象，他們都十分友善、愛好和平。（陳漢良 攝）

友善的巴勒斯坦人

二〇〇三年隨聖嚴師父到訪以色列的那一趟行程，我被以阿局勢的緊張，以及駭人的人肉炸彈所影響，當時驚弓之鳥的不安，留下最深的印象就是以阿邊境的肅殺氣氛，對照之下，沉默的施洛莫（Shilomo）菩薩就被我的記憶體排除掉了，我對他的印象非常淡薄。

時隔二十年，當車子擺脫了累人的阻塞，我們找到山丘上一個社區的地址後，施洛莫已堆滿笑容迎接我們。一下車，就發現庭院裡雨後的黃泥土，非常濕黏，加上一、二十隻豢養的各色貓咪，或是跑開，或是警戒十足用貓眼觀察我們，幾經研究無論廊道與室內都揮灑不開，我們還是決定在庭院中拍攝施洛莫的訪問。

施洛莫說，他見到聖嚴師父的次數並不多，也很少有機會與師父說話，但師父的禪修指導對他非常受用，也對他一生都有非常重要的影響。說著說著……施洛莫噙住兩汪眼淚，我等他的情緒平復後才繼續訪問。

據我與團隊觀察施洛莫的居住環境，他的經濟狀況不算太好，但是，一聽我們工作完畢準備告辭時，他火速地自屋內拿出一個非常大的購物袋，裝滿了各式水果與餅乾點心，表示既然我們無法留下來喝茶，就一定要將他備好的水果、點心帶走。

以色列的物價在我們團隊的眼裡，是走過的國家中最為昂貴的一個。一頓非常簡單且庶民化的餐點，七個人就要超過一百美元。阿薩夫說以色列的物價高，薪水也算高；平均說來，醫師的薪水是三千五百美元，電腦工程師九千美元，軍人的薪資更是不低，只不過扣掉了稅金，最後拿到手裡的，或許只能剩下一半。

我們一路往耶路撒冷前行，每當高速公路的某一路段塞車，都要心驚肉跳，因為還車的底限是下午五點，絕對不可超時。好在車上有阿薩夫，當我們進入耶路撒冷後，只要某個路口大排長龍，阿薩夫就立刻指揮開車的導演趕緊轉彎，尋找另一條較為好開的路段。終於，四點半才過，我們在一條馬路的盡頭卸下行李，阿薩夫說前面是單行道，他們剛好可以回頭去還車，只不過我們要辛苦一點，拖著行李繞過一條街才會到旅館。看著車子遠去，我們幾個拉起行李，就在此時，天空竟然開始下雨，看來耶路撒冷對我們還不錯，才下車就為我們灑淨？

二〇二二年十一月九日：前進耶路撒冷

阿薩夫自一開始就建議團隊，耶路撒冷的街道很窄，單行道很多，最好不要搭乘計程車，既浪費時間又得多花錢，團隊自然聽了阿薩夫的建議。此日的上午，我們要前往巴勒斯坦國際事務協會拜訪哈迪博士（Dr. Hadi），當年，這也是邀請聖嚴師父訪問以色列的單位之一。

阿薩夫領著我們由旅館出發，兩位攝影師阿良與阿峰，外加導演幫忙，扛著器材，順著GPS的導引，徒步前往協會，那是個巴勒斯坦人的專屬社區。事後，我由側面得知，外觀十足是猶太人的阿薩夫，生平第一次踏進那個對立族群的住宅區，內心非常緊張，但是當天的我們完全處在狀況外。

巴勒斯坦人群聚的此一社區，門牌並不一致；我們七個人，沿途見到不少年輕的巴勒斯坦人聚在路口聊天，見到我們都會和善地打招呼，聲聲「My friends」我的朋友。一馬當先的阿薩夫已然滿頭大汗，因為路人指示的地點，不是搬家了，就是不明所以，等到我們好不容易找到正確地點，事先約好的哈迪博士不在，他的祕書說哈迪博士因為臨時有事，要我們午後再來，並建議我們先去附近的咖啡廳吃中飯。

如今回想起來，還真是難為阿薩夫了，一個猶太人帶著我們幾個黃種人，在巴勒斯坦人的社區穿梭；最難得的是，我們走進餐廳點咖啡、餐點，都沒有遭到任何不友善的對待，好似身處在任何一個普通的街道。事實上，阿薩夫內心的不安，或許已讓他的心臟承載了過多的負擔。等到我們好不容易完成訪問，回頭走向飯店時，阿薩夫大概是放輕鬆了，回過頭跟我說：「巴勒斯坦人都非常友善。」

這讓我想起聖嚴師父說過的一段話：「我曾經在去年（二〇〇三）年底拜訪中東的以巴地區，許多朋友都存有『巴勒斯坦都是好戰分子，伊斯蘭教徒都是恐怖分子』的刻板印象，並告誡我絕對不要進入巴勒斯坦境內。後來因為我負有和平的任務而進入巴勒斯坦，在我所接觸的經驗中發現到巴勒斯坦人十分友善、愛好和平，伊斯蘭教徒更是可愛、單純的一群人。」

聖嚴師父對於以巴民族的和平締造，早有非常深刻的見解，他在《禪的生活》談到世界和平時說：「談和平，不要將眼光先投向外在可見的世界，應始於個人的方寸之內，其次才及個人的身心世界，再推展至身心所處的外在世界。」

下午，在飯店裡，我們抽空訪問了阿薩夫。我直截了當地請教他，猶太人信奉猶太教，是我們所熟知的猶太文化，今日阿薩夫轉而信奉佛教，難道他的父母沒有反對？阿薩夫說他的父母很開明，自始至終都非常尊重他的抉擇，並強調只要他覺得歡喜，信奉佛教也很好。很可惜，因我們停留在以色列的時間有限，否則，我還真想去阿薩夫的家，拜訪他那有肚量、有涵養的父母親。

二〇二二年十一月十～十一日：尋找當年苦路與哭牆

從上午八點半，一直拍到下午五點半，這一整天我們都浸泡在耶路撒冷的古城裡。在海法大學留學中的法鼓山法青黃子軒，也特別趕了過來，為我們團隊加油打氣。

二〇〇三年，聖嚴師父到訪耶路撒冷的古城，曾經在耶穌走過的苦路與哭牆參觀過；這一趟重訪舊地，師父在苦路的坡道上行走的背影，自然也是我們尋找的重點之一。或許是疫情開放了，古城裡的旅遊團，一團接著一團，有如波濤連結，幾乎將古城擠得水泄不通。為了尋找較佳的拍攝點，阿薩夫帶著我們到了他朋友在古城開設的一家咖啡店；天台上，視野非常寬廣，就不會受到觀光團的影響了。

多日的緊張行程，讓我的體力飽受考驗；到了晚上，我那暈眩的毛病依舊沒有解除，雖然很想放棄晚餐，在飯店裡休息，但是阿薩夫當晚就要離隊，回家陪伴父母，這一餐錢別晚飯，說什麼都該參加。席間，我再三感謝阿薩夫與思宜這些天沒有任何代價的全力付出，如果沒有他倆，我實在無法想像會遭逢怎樣嚴酷的試煉。

1

2

3

4

1 耶路撒冷古城內遊客如織。

2 我們背後就是耶路撒冷古城。

3 阿薩夫帶我們到他朋友的咖啡廳從制高點拍攝耶路撒冷古城。

4 與阿薩夫翻譯坐在古城階梯上祈禱。

1

2

3

1 攝製小組訪問當年邀請聖嚴師父的巴勒斯坦NGO組織PASSIA創辦人哈迪博士（左4）。

2 《他的身影2》拍攝團隊於臺拉維夫機場，等待擔任翻譯的齊思宜和阿薩夫。

3 《他的身影2》拍攝團隊先到阿薩夫的家鄉，享用道地的以色列庶民美食。

4

5

拍攝團隊與施洛莫（右4）合影，翻譯齊思宜（右2）和阿薩夫（左3）也一起入鏡。

二十年後，《他的身影2》張光斗再訪施洛莫，談及當年與聖嚴師父學禪修的經過。

上午十一點退房，雖然我們的飛機是晚上九點離境，但為了讓思宜安心返校上課，就請思宜帶領，依然不叫計程車，徒步走了三十分鐘，抵達地鐵站，前往機場。離情依依，地鐵站裡，我們與聰慧的思宜互道珍重，並祝福她考試順利；又再約定，請她務必要抽空回家一趟——臺灣法鼓山的總本山，那裡有非常多的家人會迎接她的到來。

「佛的意思是覺，禪的意思是悟。
覺是醒覺和徹底地了解，從煩惱中醒覺，
徹底地了解了這個世界的存在和人類眾生的活動，
不過是在做夢而已。佛就是從夢中醒覺了的人。」
——聖嚴師父

07 東南亞

2002、2004、2005 ｜泰國曼谷
1999、2001 ｜馬來西亞吉隆坡
1982、1999、2004 ｜新加坡

依然不變的行色匆匆

我曾隨聖嚴師父到過泰國曼谷三次，分別是二〇〇二、二〇〇四、二〇〇五年；記憶中，這三趟泰國之行非常忙碌，師父不是開會，就是拜會、參觀佛寺，然後又匆匆地離開，很少有停下來喘口氣的機會。

時隔近二十年，我不曾再訪泰國。為了拍攝《他的身影2》，負責這集企畫的淑渟說，她重新由一些紀錄檔案的影片中，查閱聖嚴師父在泰國留下的足跡，印象最深刻的就是師父好辛苦，不停地忙於公務，有如一幅斑斕的水彩畫，幾乎沒有留下一點得以呼吸的空白處。

二〇二二年十一月二十八日：重溫師父緊湊的泰國行

十一月二十八日這天一大早四點半，天色未亮，我就提著行李出門了，我們團隊要搭乘上午七點的航班，飛往泰國曼谷。行前，我再三叮嚀大家，我們這一趟會很辛苦，由泰國、馬來西亞、新加坡，再飛往澳洲雪梨、墨爾本，將近一個月的時間，一定要管理好自己的健康，千萬不要在旅途中生病。其實，我的話有點多餘，因為團隊最擔心的還是在下這個經常暈頭轉向、小病不斷的七十老翁。

出了曼谷機場，便見到法鼓山泰國護法會的輔導法師常炬法師，以及會長蘇林妙芬前來接機。蘇林會長說沒有什麼比吃飯重要，吃飽了飯才有力氣工作，於是先到她所熟悉的素食餐廳用午齋。曼谷的午後大雨也跟著來湊熱鬧，嘩啦啦地下得很過癮。

飯後，雨停了，我們團隊也無暇逗留，立即開拔到朱拉隆功佛教大學拍攝。聖嚴師父於二〇〇五年五月五至九日間第三度奔來泰國，主要是應泰國朱拉隆功佛教大學之邀，參加五月六日該校的畢業典禮並對畢業生演講；並於五月八日接受該校榮譽博士學位的頒贈。除了這兩個活動，師父也親自為法鼓山泰國護法會舉行揭幕儀式，接見來自緬甸的法師與隨行居士，以及泰國華僧僧長真頓法師，還有關懷來自香港、澳洲、馬來西亞的居士。一直忙到九日前往機場之前，還要會客。飛機抵達臺灣桃園國際機場後，我們下機回家，師父要再轉機飛往紐約，繼續西方弘化的工作。

雖然曾隨聖嚴師父到過朱拉隆功佛教大學，或許當初太過蜻蜓點水，縱有漣漪微漾，也早不見蹤影：二十年過去，當我再度真切地站在大學裡，除了幾個主要建築物尚有印象，整個校園對我來說都十分陌生。但是，師父面對將近兩千位畢業生所做的演講「從印度到中國佛教」，我卻是印象深刻。師父特別強調，大乘佛教的經典雖然形成較晚，內容不但沒有背離佛陀的根本教法，也對原始佛教做了更有系統的組織。

二〇二二年十一月二十九日：報恩寺拜訪仁得長老

一早八點半，團隊由飯店出發，曼谷街頭的汽車與摩托車已經頭尾都鏈接在一起，一望無盡，我們要趕往「報恩寺」。

上溯至二〇〇二年的六月十至十六日，聖嚴師父由紐約經臺北到曼谷，出席「世界宗教暨精神領袖理事會」，同時也與在桃園機場會合的僧俗弟子，一同了解泰國佛教文化特色與寺院發展。想當然耳，師父除了在聯合國亞洲總部大會堂參加三天的會議，並以「世界宗教領袖在二十一世紀的任務」為題，做了專題演講，接著即馬不停蹄地參訪玉佛寺、臥佛寺、金佛寺。其中，二十九日的一大早，師父還應華僧尊長仁得法師之邀，帶領僧俗弟子十數人前往報恩寺用早齋。

二十年後，我們打算重訪泰國，尋找聖嚴師父當年忙碌的身影，哪怕人世風雲轉向幻變，還是想盡辦法達成任務。在此要特別感謝法鼓山泰國護法會的輔導法師常炬法師、蘇林會長代為奔走，尤其蘇林會長，除了諸多繁雜的聯繫事項，還要叮囑團隊進出各個寺院、拜訪師父老友的威儀與禮數。例如，報恩寺的仁得長老，先是傳來老法師住院養病的消息，我們須做備案，萬一老法師沒有出院，我們還是要走報恩寺一趟，由仁得長老的弟子代為接見。沒有想到，臨到我們要出發時，聽聞老法師出院，可以親自接待我們。二十九日這天的一大早，雖然曼谷的太陽已將我們烤出了一身汗，但是能夠由常炬法師、蘇林會長陪同採訪仁得長老，還是令人興奮。

仁得長老由弟子攙扶著，出現在報恩寺的會客室。常炬法師感謝老法師抱病接見我們團隊，老法師謙和地表示，聖嚴長老的弟子大老遠趕來，無論如何他都要親自與我們見面。我們不好打擾太久，老法師卻十分熱情，為我們介紹報恩寺的歷史，還要我們收下備好的礦泉水、取用點心。我們只好以行程很趕作為理由告辭，讓老法師早點回寮房休息。

下午，我們轉往位於曼谷郊區的法鼓山春武里共修處參觀。蘇林會長說此地有非常多的臺商聚集，建有大批工廠，無論是臺商或是家屬都需要漢傳禪法的加被與潤澤。疫情期間，雖然所有的活動都停止，但眼見疫情明顯緩解，此一共修處又將再次發揮功能，為臺商與家屬提供禪修、念佛等共修活動。

二〇二二年十一月三十日：拜訪師父的舊識

受制於塞車的影響，我們依然得提早出發，預定前往帕隆寺與黎明寺。這兩座寺院已被列為世界文化遺產，但最重要的是，聖嚴師父的老友、已退休的朱拉隆功佛教大學前校長梵智長老、副校長蘇迪沃拉延（Sudhiworayan）分別駐錫於兩寺院。

聖嚴師父於二〇〇四年二月二十四至二十八日間，率領六位臺灣的傑出青年代表至曼谷，參加「世界宗教領袖理事會」所舉辦的「亞太地區世界青年和平高峰會」。除了參加相關的諸多會議之外，照例要拜會泰國副僧皇等佛教領袖。

帕隆寺建得金碧輝煌，梵智長老在大殿接受我們的訪問。梵智長老表示，他非常想念聖嚴師父，並推崇師父是位慈悲、智慧兼備的高僧；過去那些歲月，他與師父以「世理會」理事身分一同去過以色列、約旦、瑞士等國家訪問；一旦碰到麻煩事，大家都習慣把師父推出去，果不其然，所有的問題也就都迎刃而解了。梵智長老十分平易近人，訪談中數度哈哈大笑，如果不是要趕去下一站黎明寺，我們的訪問真是意猶未盡。

副校長的車子引導我們到黎明寺，他說前後擔任副校長十二年，所有聖嚴師父與朱拉隆功佛教大學的往來事務，都是由他擔任窗口接洽。副校長對於師父的回憶特別多，尤其是某次與師父一起去約旦，隔天才離開前晚住的飯店，就聽說飯店遭到叛亂組織的攻擊，所有的人都嚇到面色如土，唯有師父如如不動，好像與師父無關一樣。

副校長與法鼓山退居方丈果東法師、負責國際事務的常濟法師都是舊識，也要我們代為問候。臨行前，副校長還十分認真建議：泰國與臺灣有一個小時的時差，法鼓山每年除夕撞鐘的實況，可以分享給泰國，這會是非常有意義的宗教與文化交流。

二〇二二年十二月一日：蘇林會長的熱情款待

搶在停留曼谷的最後一天，我們去聯合國亞洲總部、湄南河拍攝外景；下午在曼谷道場，蘇林會長請我對悅眾菩薩做一場拍攝《他的身影2》的心得分享。當晚，蘇林會長堅持請團隊登上湄南河的遊輪遊覽、吃晚餐，好讓團隊解乏，繼續接下來的行程。原本還想辭謝，但是常炬法師反倒建議我不妨讓蘇林會長有一盡地主之誼的機會，這也是華人的待客之道，於是乎，我也隨緣應對，讓團隊一睹湄南河熱鬧的聲光浮影。

我們搭早上八點四十五分的飛機到馬來西亞吉隆坡，擔心會塞車，雖然飯店距機場不遠，我們還是五點四十五分就出發。順利抵達機場後，發現人山人海，航空公司櫃檯人員的效率極差，到了七點半才輪到我們。櫃檯人員還要查核我們離境後，前往下一站馬來西亞的行程，把我急得差點要扯開喉嚨抗議；但隨之一想，如果登機延遲，不是我

1

2

1 2005 年，聖嚴師父受朱拉隆功佛教大學邀請，於畢業典禮中進行專題演說。（資料來源：《人生》雜誌）

2 《他的身影 2》赴黎明寺拜訪朱拉隆功佛教大學前校長前校長梵智長老（後排左2）與副校長蘇迪沃拉延（坐者），排左1為常炬法師、左3為張光斗、右2為蘇林妙芬會長。

3 仁得長老（右3）親自關懷到訪的法鼓山僧俗弟子與《他的身影 2》團隊，右起為張光斗、常炬法師、蘇林妙芬會長。

4 《他的身影 2》赴報恩寺取景，回憶當年聖嚴師父拜訪仁得長老。

3

4

1

1 於曼谷郊區的法鼓山春武里共修處，經常舉辦臺商與家屬禪修、念佛等活動。

們的責任，航空公司該自行負責。

出門在外，會遇到許多意想不到的事，每有考驗都要提醒自己注意呼吸，不要被外境拉得團團轉；或許，這也是難得的修行機會吧！

來也匆匆，去也匆匆。聖嚴師父當年到訪泰國的行色匆匆，沒想到二十年後，我再次溫故知新。

她就是堅定不移的阿信

二〇二二年十二月二日：當年萬人演講的旋風

我們由曼谷飛往馬來西亞首府吉隆坡的班機，雖然只延遲起飛半小時，落地後，旅客長蛇形的隊伍，通關非常緩慢，這是過去數次往來吉隆坡不曾遇到的景象。終於排到審查窗口，那位年輕的官員明顯就是怠工，翻看護照三分鐘後，問了我一個完全不重要的問題後，就與隔窗的同僚聊起天來；我必須維持著無所謂的表情，而且故意左顧右盼，終於，他才蓋了章，讓我通關。如此耽擱下來，我們較原定時刻，足足晚了兩個小時才出關。

來接機的幾位菩薩中，我最是熟悉的當然就是法鼓山馬來西亞共修處的第一位召委林孝雲菩薩。想當然耳，他們望穿秋水地苦等了許久，我連聲道歉。他們反倒安慰我，他們早已習慣此機場的工作效率，一點都不奇怪。他們本來預定接到我們後，先去吃中飯，然後再開工，但顯然時間非常緊迫，於是換成他們連聲道歉，只能先買速食在車上享用，我們必須如約趕赴聖嚴師父於二〇〇一年到此弘法的綠野展覽中心，回顧師父當年在此造成旋風的足跡。

綠野展覽中心的工作人員十分親切，開了場地的大門與燈光，讓我們入內拍攝。二〇〇一年，聖嚴師父在此做了連續兩晚的演講；只不過，當時午後雷陣雨十分嚇人，雨水強灌下來，一下就是一、兩個小時，我十分擔心會影響晚上到場聆聽的人數。卻沒料到，雨停後，地上的雨水還在流淌著，不知從何處現身的聽眾，忽然由四面八方湧來，瞬間寬闊大廳座無虛席，有人估計起碼八千位，林孝雲菩薩笑著說，她算過椅子，基本上近一萬名聽眾。

當年，我跟隨聖嚴師父進場時，被現場爆滿的聲勢嚇到；時隔二十二年再到此一展覽中心，因空無一物，更加顯得整個空間巨大無邊，我站在中間做串場，不斷起雞皮疙瘩，那是種莫名的激動，久久無法平息。

因緣實在是不可思議，其實聖嚴師父早在一九八二年，曾經計畫到馬國弘法，依照原先行程：先飛新加坡，等到結束當地的弘法活動後，再轉來馬國；卻沒料到，師父在新加坡突然染患了帶狀疱疹（也就是俗稱的「皮蛇」），而且來勢洶洶，不得不緊急返回臺北醫治，因而取消了後面所有的行程。

若干年過去，馬來西亞出現了一位弟子，名叫林孝雲。孝雲菩薩早在上個世紀末，就由馬來西亞遠赴紐約與臺灣，跟隨聖嚴師父打禪七；每一回，她都邀請師父前往吉隆坡弘法，師父也都以沒有時間而回絕。孝雲菩薩毫不氣餒，不斷參加師父主持的禪七，也一再向師父提出邀請；終於，皇天不負苦心人，師父撥出時間了，也就是一九九九年的四月天，繼新加坡之後，師父轉進吉隆坡公開演講。孝雲菩薩於是開始聚集認識的佛教徒，於一九九九年在吉隆坡成立了法鼓山聯絡處，還開了一家素食館，展示師父的著作與法鼓山的簡介，立意要將師父初臨馬來西亞的演講，辦得風風火火。

偏偏聖嚴師父的健康自一九九八年年底開始出現狀況，除了紅血球、白血球、血紅素的指數都偏低之外，腎功能衰退、脾臟肥大、心臟瓣膜擴張、造血功能不良……延至次年春天，馬來西亞的弘法場地已定，入場券也開始發售，但是臺灣這一邊，經過醫師團隊的評估，建議師父只能在新加坡與馬來西亞擇其一，否則身體堪慮，最後，師父不得不放棄了馬來西亞。

二〇二二年十二月二日：幾經波折成就弘法

我們這次為了《他的身影2》影集，重返馬來西亞，自然也無法迴避一九九九年所發生的無常，與孝雲菩薩聊及此事。孝雲菩薩維持她一貫的和緩語調回憶道：的確，當他們對外宣布取消聖嚴師父在該國的弘法活動後，有不少菩薩非常不諒解，難免會有情緒化的言語出現；孝雲菩薩自己卻突然警覺，起碼自己不可有負面思考，畢竟那也是師父不願意見到的結果啊！於是，她還是如常打坐，依然為師父的好弟子，持續跟著師父修行；當然，她還是堅定不移地邀請師父，有空一定要到馬來西亞弘法，讓當地的佛弟子可以親近師父，得以聽聞師父精闢深入的佛法。

孝雲菩薩的道心與願力，經過前後九次的邀請與挫折，總算在二〇〇一年開花結果。聖嚴師父於該年四月二十四日，率領二百多位信眾組成「聽經護法團」，聲勢浩大地抵達馬來西亞。除了接受當地媒體採訪，與一百多位企業人士做「禪與現代企業」為題的座談會之外，還要主持法鼓山馬來西亞分會禪中心的灑淨儀式，重心當然是四月二十六與二十七日連續兩晚，以「修行在紅塵」、「聖嚴師父說禪」為題的公開演講。

最讓師父驚喜的是，近一萬位聽眾中，有一半以上都是三十歲以下的年輕人，就連華人領袖、拿督、部長、臺灣駐馬國代表等也都踴躍出席。預定在師父演講完畢的皈依典禮，原只有四十幾位信眾報名，卻沒料到，念完三皈五戒後，現場竟然有八百多位聽眾填寫皈依表，希望得到法名。那一幕，來自臺灣的聽經團團員們都深深觸動，站在攝影機邊上的我，也數度紅了眼眶。

團員們於演講次日的中午，齊聚孝雲菩薩開的素食餐廳，嘴裡吃著美味素食，心中也被孝雲菩薩不退的道心所感動，於是，不需要任何言語，來自臺灣的聽經團，紛紛自口袋與錢包裡掏出了厚重的敬意，都要為孝雲菩薩加油添柴，祝福法鼓山的馬來西亞道場得以壯大發展，利益更多的信眾。

我與孝雲菩薩聊到這一段往事時，一向穩重沉著的她，也忍不住拿起手帕擦拭眼睛。

二〇二二年十二月三日：馬來西亞宗教地啟建新道場

二〇〇一年後，聖嚴師父雖然也曾打算再次前往馬來西亞弘法，可惜體力已逐漸無法負荷辛勞的海外奔波，終究未能圓滿此一心願。話雖如此，馬來西亞一群又一群的年輕人，開始接下孝雲菩薩的棒子，縱然因緣的生滅在所難免，但是護法求法的精神一直都持續存在著；到了二〇一九年，經過林孝雲與繼任的幾位召委努力與募款，終於結束了向外租借道場的漂泊，在八打靈再也，擁有了一個完善的道場，法鼓山也派常駐法師，在馬來西亞打造起宣揚漢傳禪法的寺院重鎮。

這一天，我們在道場裡拍攝道場的建設，並訪問幾位法師。

在馬來西亞生長的常藻法師，自法鼓山僧伽大學畢業才一年半，即於二〇一三年被僧團派至馬來西亞道場擔任監院一職，成為法鼓山體系內最年輕的監院法師。

自常藻法師口中，我們得知了一個非常振奮人心的好消息：經過十多年的努力，馬來西亞政府終於同意在近吉隆坡市中心附近的宗教用地，撥出一塊土地給法鼓山；法鼓山將要建設一個方便居士掛單的禪修道場，接引更多人來熏習禪法。

常藻法師說，除了要感謝歷年來法鼓山法師、居士們的努力之外，也要特別感念馬來西亞其他的佛教團體，為法鼓山嚴謹、認真的道風對外做了很大的宣揚。此消息一經發布，在極短的時間內居然募到了新禪堂的建設基金，簡直是件不可思議的奇蹟。

林孝雲菩薩當年鍥而不捨的求法精神，促成了法鼓山在馬來西亞將漢傳禪法鼓聲節節送出的契機。所以我說她就是堅定不移的阿信啊！

1

2

1 2001年，聖嚴師父於馬來西亞參與當地禪眾舉辦活動。

2 2001年，聖嚴師父赴馬來西亞，除了公開演講，也舉辦了一場以「禪與現代企業」為題的座談會。（資料來源：《人生》雜誌）

我暈故我在

東南亞

法鼓山馬來西亞道場監院常藻法師與悅眾菩薩為團隊訂的旅館，距離道場不遠，每天都會有熱心的菩薩駕車來接送我們。在馬來西亞停留的數天中，心情輕鬆愉悅，可是說也奇怪，我稱呼為「眩暈君」的毛病，哪怕我也咒罵也吃藥也拜託過，卻始終對我不離不棄，又跟了上來。

或許有各種不明因素，哪怕住院檢查都查無病因。近年來，造成身心都不舒服的「眩暈君」死心踏地跟著我；每天做完日課，都會求請佛菩薩護佑，只要不讓我暈到天旋地轉，噁心嘔吐，必須送往醫院急診的程度，哪怕是小暈小眩都可以。

每天清晨起床時，就是我衡量是日體能狀況的關鍵時刻，只要翻起身子，坐在床沿邊上，我就會知道：眩暈饒過我一天，或是又「勾勾纏」地黏上來。只要是在臺灣，我都會忽視它的存在，只因醫療機構都在不遠處，威脅不到我；反之，一旦出國在外，我就對它屈膝稱臣、搖尾乞憐了。

二〇二二年十二月三日：「眩暈君」跟來馬來西亞

沒有錯，「眩暈君」大概也喜歡馬來西亞吧！這天一起床，它就又在我眼前跳起了芭蕾舞。依照慣例，如果某日的眩暈程度可以掌控，我就不動聲色，不想讓團隊知道，省得他們擔心；假設當天的工作量較大，需要我背稿串場的場次較多，我只好聲明在先，讓他們容忍我的舌頭打結，NG不斷。

幸好這一天全在道場拍攝，我便央請團隊幫我分工，可以暫時躲在某一角落閉目休息。我在馬來西亞有幾位換帖的好友：何靈慧、楊偉漢、林桂玲，都是虔誠的佛弟子，多年來也多次以歌舞劇的形式來弘揚佛法，例如《釋迦牟尼傳》、《文成公主》、《天心月圓（弘一大師傳）》。黃昏時刻，他們開車來到道場迎接我，要盡地主之誼，請我去大啖素食的「肉骨茶」。原本我想向他們告假，但想到疫情關係數年未見，還是不動聲色地領著他們拜見了常藻法師後，就出發打牙祭了。

說也奇怪，吃完晚飯，幾位地主小友又領著我去吃榴槤，「眩暈君」大概不耐榴槤的氣味，竟然不告而別了；這下可好，我們在路邊接連吃了四種不同品種的榴槤，把隔日早餐的份都補齊了。

二〇二二年十二月四日：他鄉遇知音

一覺醒來，「眩暈君」又涎著一張討人厭的嘴臉，出現在眼前。想到下午有我的重頭戲，監院常藻法師安排一場演講，希望我能將寫《度～聖嚴師父指引的33條人生大道》與拍攝《他的身影2》的因緣，與馬來西亞的信眾們分享。於是，我刻意沖了個澡，希望能抖擻精神，全力以赴。

平日毛毛躁躁的我，也只有在「眩暈君」隨侍在側時，才會步履有序，不慌不忙。既然如此，我就好整以暇地在道場安下心，按部就班地跟著團隊的節奏，等著分享會到來。下午的盛會，等到要上場了，才發現道場的禪堂幾乎坐滿了來賓。我的「人來瘋」習性也因此被激活，管他「眩暈君」的搗蛋，就心無旁鶩地依照自己的規畫，開始說起故事來。演講很順利，結束後就是簽書會，感謝馬來西亞道場還準備了許多本《度～聖嚴師父指引的33條人生大道》，讓信眾們結緣。

正當我一本接著一本的簽書，也順勢與請書的來賓合照時，忽然聽到一位男眾的發音與其他人不一樣，一問才知道來者居然是由大陸長沙到馬來西亞洽公，他說偶然見到道場的宣傳海報，特意趕過來的。我問他：「知道聖嚴師父嗎？」他誠實回答：「原先不知道，但聽了你的演講後，特別尊敬起這樣一位偉大的法師。」所以他趕緊購買了幾本書要帶回長沙，送給親友。我與這位名叫韓林宬的有緣人合影，或許往後不見得有機會再見，但與他在馬來西亞道場結下此一難得因緣，我萬分珍惜。

二〇二二年十二月五日：怡保的心靈環保鼓手

設計馬來西亞的拍攝行程時，常藻法師特別提及，希望我們可以前往霹靂州的怡保一趟，那兒也有法鼓山共修處，莫秀菁菩薩領著兩位外甥女葉慈恩、伍施潔一同在怡保推動心靈環保的理念，非常難得。這一天，我們將時間全都留給怡保。

高速公路還算順暢，我們如約抵達了怡保共修處。難怪怡保被稱為美食之鄉，莫菩薩等人為我們準備的午餐，無論是炒粿條、咖哩等各式飯菜，甚至甜點都十分美味可口。飯後隨即開始拍攝，莫菩薩說，當年聖嚴師父好不容易抵達吉隆坡弘法，他們連續兩天來回駕車六個小時，前往聆聽，倍覺法喜充滿，一點都不覺得疲累。緊接著，又領著我們去參觀怡保附近的極樂洞，以及繼程法師在此帶領禪修活動的道場。

臨別前，莫秀菁菩薩正式邀請，希望下一趟，我也能在怡保辦一場分享會，讓怡保的信眾們進一步獲知師父由東方到西方傳播漢傳禪佛教的悲心與辛勞。我當場答應她，忙完這一陣的拍攝與製作工作後，只要因緣成熟，一定會開開心心地來怡保，履行我的承諾。

回程的高速公路大塞車，我們好不容易回到飯店；只因中午吃得太飽，晚餐就省略下來，盥洗後儘速就寢，免得「眩暈君」又藉故來找碴。

二〇二二年十二月六日：繼程法師的美意

上午九點出發，前往柔佛州的普照寺，繼程法師在該寺主持禪七。

縱然已是十二月，馬來西亞熾熱的陽光還是將人曬得頭昏腦脹。多虧了法鼓山道場的菩薩溫馨地為我們安排了路途中休息午餐，以及飯後品嚐榴槤與山竹、椰子水等熱帶水果的清涼。

在此也要感謝繼程法師的美意。依照原定計畫，我們不但要在普照寺的附近尋找一家旅館住下，並租廂型車，每天開車去普照寺拍攝。繼程法師聽聞後，建議我們不要如此大費周章，直接住普照寺後方，原先是一處精舍的寮房；我們自是從善如流，也節省了一筆經費。

普照寺的規模不小，雖然建設多年，多少顯露出年歲的痕跡，但是能有如此寬大的場所進行上百位禪眾的禪修活動，還能滿足住宿、膳食的需求，已然十分不易。

我們才將所有的行李搬進精舍的寮房，繼程法師就從禪堂趕了過來關懷，並要求義工菩薩將被單、枕頭等物品分發給我們。繼程法師有如穩定軍心的大家長，讓舟車勞頓的團隊，有了回家的親切感。

或許前一晚被蚊子的迎賓大隊熱情照拂之故，沒能安枕妥當，「眩暈君」再次乘虛而入，張牙舞爪地給我臉色看。我一再叮囑自己，進出洗手間，離開房門，都要特別注意腳下的台階，萬萬不可倒栽跟斗，衍生出意外，造成麻煩。

在普照寺拍攝的過程中，發現上百位參加禪修的禪眾們都非常精進，晚上聆聽繼程法師的開示也都專心一意；雖然普照寺硬體的建設與法鼓山迥然不同，然而禪修的整體氛圍，卻有如處在法鼓山的禪堂一般，那份親切感與熟悉感，令人自在又歡喜。

臨睡前，誦完《藥師經》後，雖然發現有蚊子衝過門口裊裊蚊香的屏障飛到屋內，但也只能向牠們精神喊話，隔天一早，我們便要告辭離去，拜託牠們無需依依不捨地與我糾纏，只求讓我可以一夜好眠。就如同我向「眩暈君」的告白：我知道你的存在，一如我的呼吸常在；我不會捨棄你，但求你與我相敬如賓，不要魯莽相待可好？

隔天，我們的大隊人馬要轉往去新加坡，到了新加坡後，又有聖嚴師父留下的許多身影可以與各位分享了。

1 演講後，與常藻法師、諸位法師及聽眾們合照。

2 《他的身影 2》團隊重返 2001 年聖嚴師父在馬來西亞公開演講的綠野展覽中心，憶及當年座無虛席近萬人聽講，造成旋風。

3 《他的身影2》團隊在馬來西亞道場監院常藻法師、莫秀菁等陪同下，一行人參訪宗教勝地極樂洞。

4 《他的身影2》團隊來到法鼓山怡保共修處，採訪推動心靈環保理念的鼓手莫秀菁（左3）與兩位外甥女。（資料來源：《人生》雜誌）

5 馬來西亞出生的常藻法師，於2013年由臺返回馬國擔任法鼓山馬來西亞道場監院。

6 林孝雲烹煮還原當年煮給師父的素食餐點。

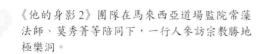

師父與新加坡的特殊因緣

製作《他的身影2》，單以前置工作來說，工作量不但巨大，還很龐雜；比方說，我們前往每個定點前，交通與住宿，往往會左右了通盤的考量。幸虧團隊成員的經驗充足，負責統籌的陳淑渟，都得先與每一集的企畫溝通清楚，還要和口譯張璨文教授、點燈基金會執行長 Amy 通力合作，再與每個國家的窗口緊密連結……萬一受到無法意料的因素而窒礙難行，還得自立自強，在網路上尋找各類資訊，覓得突破口，其中的冷暖，也只有當事人才知道。

當初設計馬來西亞的行程時，就刻意將繼程法師在普照寺帶領禪修的拍攝，放在最後；關鍵的考量當然是自普照寺乘車，前往新加坡邊界，最是便利且路途最近。

二〇二二年十二月八日：三赴新加坡的弘法因緣

這一天一大早九點，事先訂好的廂型車，就在專門進出新加坡的導遊兼司機主導下，前後只花費了一個半小時，一路順暢地將我們送到事先訂好的新加坡旅館。感謝法鼓山新加坡護法會輔導法師常炬法師（也兼任泰國護法會輔導法師）的安排，此一飯店走路就得以抵達道場，真是方便。我們才魚貫下車，便發現法師已守在飯店裡，雙手合十地迎接我們的到來。

聖嚴師父與新加坡的因緣非常特殊。師父於一九八二年八月二日至九月一日，在新加坡弘法，或許是因為新加坡的天氣太過炎熱，弘化工作又緊密繁忙，加上睡眠不佳，師父得了帶狀皰疹，疼痛難挨，哪怕是看了中西醫都於事無補，最後不得不取消了最後的一堂課，提前返回臺北診治，就連下一站的馬來西亞也連帶取消了。

時隔十七年的一九九九年四月十五日，聖嚴師父的健康再次亮起紅燈，縱然醫師團隊再三勸阻，師父還是如約赴新加坡，做了非常盛大的公開演講，但也取消了之前的馬來西亞行程。二〇〇四年，同樣又是四月十五日，師父的眼底還留有血絲，眼睛紅腫，聲音微弱，明顯地非常不適，但是師父還是到新加坡，親自帶領當地的菁英禪修，外加對外的弘法演講。

前後三次，聖嚴師父都是抱病在新加坡弘化，尤其是二〇〇四年這一趟，師父接受當地媒體《海峽時報》專訪時，被問到為何年紀大又生病，還要四海奔波？師父說出了

「盡形壽，獻生命」這六字石破天驚的答案。師父前後三次的新加坡之行，我有大福報，跟上了後面的兩次。

當天中午，用過午齋後，大隊人馬立即開拔前往吳一賢、黃淑玲伉儷的住家，進行訪問、錄影。聖嚴師父於一九九九年抵達新加坡，住進威史丹佛大飯店，我就發現這護法賢伉儷，為了就近照顧師父，也搬進了飯店。而後只要師父回房休息，吳菩薩就抓緊時間，將公司的員工找到飯店裡開會；等到師父依照預定時間準備出發，他又立即出現在師父的房門口，分秒不差。

二〇〇四年聖嚴師父抱病到新加坡帶領菁英禪修，也是黃淑玲菩薩主導，無論是場地安排或是師父的接待，參加禪修人員的素質之高，都展現出他們夫妻倆為了協助師父將漢傳禪佛法在當地播種，所盡心盡力、親力親為的付出。

黃淑玲菩薩不但準備了豐足的咖啡、水果、點心招待團隊，還特別自冰箱拿出包裝密實的盒子，裡面放著的居然就是團隊最愛的榴槤，尤其是攝影師阿良。阿良因替聖嚴師父拍攝紀錄影片，與吳氏夫婦算是舊識了，淑玲菩薩一聽阿良特別偏愛榴槤，立刻又自冰箱拿出另一大盒，塞在阿良手裡，算是阿良的專屬；阿良一向老實，竟然乖乖地全部「完食」。而後數天，只要一聽到榴槤，阿良就立刻躲得遠遠的，看來會有好長一段時間，不會再青睞這一味了。

在訪談中，我們頻頻將記憶拉回到多年以前的某一個時空。我們何其有幸，得以圍繞在聖嚴師父周邊，盡情聆聽師父的智慧語彙，受到師父慈悲的關懷，那是無以回報的福德；無論時隔多少年，只要憶及，還是栩栩如生地重現眼前，點滴在心頭。

二〇二二年十二月九日：「光明山」住持廣聲法師

一九九九年四月十八與十九日連續兩晚，聖嚴師父以「智慧的人生」、「和樂的人生」為題，在新加坡威史丹佛大飯店四樓的萊佛士大廳，舉行公開演講，並於會後舉行皈依典禮。面對大量湧進的數千聽眾，臨時還加開另一個電視直播的大廳，讓向隅的聽眾得以安然入坐，聽聞佛法。我依稀記得盤旋在樓梯間，那綿延不斷、沒有發出噪音、安然等候進場的人龍，呈現新加坡信眾高雅的素養與規範，在華人社會裡是極其罕見的。

新加坡頗富盛名的佛教道場光明山普覺禪寺住持廣聲法師，那一次在會場內親自擊鼓，還用佛曲來迎接聖嚴師父進場，營造出非常隆重殊勝的氛圍，也是師父演講的亮點之一。二〇〇四年，師父在新加坡主持的菁英禪三與對外的公開演講，更是假「光明山」舉行。因此，《他的身影2》團隊，重臨新加坡尋訪與師父結過緣的善知識，光明山普覺禪寺的廣聲法師是絕對不可遺漏的。

這一天黃淑玲菩薩一早就來飯店與我們會合，帶領我們前往光明山普覺禪寺，訪問廣聲法師是其一，拍攝當年舉行的禪修道場與演講大廳，也是必然的行程。廣聲法師在繁忙的法務中抽空來接受訪問，他非常讚歎聖嚴師父當年為了度化眾生，抱病前來，還將漢傳禪佛法親自教導給新加坡的信眾。

一九九九年的新加坡之行，另有一事令我印象深刻，聖嚴師父結束了兩場公開演講與皈依典禮的重頭戲之後，隔天的四月十九日，師父又趕往派駐新加坡的歐陽瑞雄代表官邸，探視代表以及因車禍而不良於行的代表夫人。師父與歐陽代表是舊識，師父在美國洛杉磯演講時，代表也曾在當地接待過師父。師父特別為歐陽代表的夫人開示，不要認為是前世做了壞事，今生才會得到惡報，遭到厄運；要相信自己是現身說法，自利利人的，因為世間有非常多的身障人士，都是從絕望中走出來的。師父的開示鼓舞了歐陽代表與夫人，當場就向師父請求皈依，在場的歐陽代表友人們，也都紛紛加入了皈依的行列。

時隔二十餘年，想來歐陽代表早已自外交領域中退休；團隊還是打聽是否能夠再訪到歐陽代表賢伉儷。

當晚，吳一賢伉儷早早要我把時間空下來，與一位新加坡的政要人士一同用餐。這位T先生，是聖嚴師父的皈依弟子，也曾派駐過臺灣，他跟過師父學禪修，也歡喜閱讀師父的著作，以及聽聞師父的開示。每一回，一提到師父弘法的辛勞，他都會眼眶泛淚。雖然多年未見，T先生依然熱情洋溢，但因為職務關係，他無法接受我們的訪問，但還是非常關心我們的拍攝計畫，非常詳細地聽了我的解說，也祝福我們團隊行走世界各地時，都會有佛菩薩的加持，順利地完成任務，讓世界各地的觀眾，因為《他的身影2》的介紹，得以進一步得知師父住世時，為了傳揚佛法無我地在世界各地所做的慈悲行旅。

1

2

3

1 1999 年，聖嚴師父即使身體有恙仍赴新加坡弘法，只為滿大家的願。(資料來源：《人生》雜誌)

2 1999 年，聖嚴師父再度赴新加坡，舉行二場弘法大會，會場均座無虛席。(資料來源：《人生》雜誌)

3 2004 年，聖嚴師父三度來新加坡，於光明山普覺禪寺首次舉辦海外社會菁英禪修營。(釋常濟 攝)

雨天中的回憶

二〇二二年十二月九日：師父滿大家的願

該日下午，我們轉進新加坡共修處成立的推手——周鼎華、朱盛華夫婦的寓所，進行訪問。

聖嚴師父也曾在書中提及，自臺灣移民新加坡的朱盛華，是位非常精進的菩薩，經常自新加坡打電話回臺，邀請師父去新加坡弘法，還數度在電話中哽咽低泣；最終，就連師父身邊的出家眾都被感動，反過來敦請師父，再忙再累，也應一滿朱盛華菩薩的願。果不其然，朱盛華菩薩的願力開花結果，終於促成師父於一九九九年，時隔十七年，再次抵達新加坡弘化的新篇章。

在他們家中提及往事，朱盛華又忍不住掉淚了，她慶幸當年可以為新加坡的有緣人，促成如此殊勝的好因緣，但也心疼師父實在太過辛勞，忍著身體的不適，忘我地滿眾生的願。

好客的周鼎華、朱盛華夫婦，不斷端出榴槤、水果、點心、咖啡來招待團隊。那個午後，我們也像是舉辦了一場溫馨的同學會，緬懷師父的同時，也憶及當年的一些趣事，笑著笑著，也慶幸我們都熬過了疫情肆虐的這幾年，正如同朱盛華菩薩習慣掛在嘴邊的一句話：「有佛法就有辦法。」只因有了佛法，我們都能無有恐懼地過好每一天。

聖嚴師父於二〇〇四年最後一次蒞臨新加坡弘法，健康情況更令人憂心；師父的侍者果禪法師、常濟法師在桃園機場出發時，即時叮嚀我，此行要特別關照師父，不能讓師父太累，因此，每回會客時，只要覺得差不多了，便要我出面向客人解釋，師父需要休息，相信訪客就會起身告辭；我立刻答應，此事我做得來。

師父在《抱疾遊高峰》中也曾提及：「其實我在眾人之前很少表現出疲倦、病痛的神態，一旦離開群眾回到房間，就會疲累不堪，連喝水、洗手都懶得動，只希望立即躺下休息。可是既然有人迫切地要求見我，滿他們的願是應該的。」

二〇〇四年跟隨師父到了新加坡後，我就成了糾察隊，從桃園機場的貴賓室開始，只要一發現上前向師父遞名片想要長聊的旅客，我都刻意帶著微笑，請訪客讓師父休息，絕不寬貸。等抵達新加坡，當然更要貫徹此一使命，唯有一事例外，多位信眾組成了護法隊，陪同師父前往新加坡著名的植物園、海濱公園散步，呼吸新鮮空氣的同時，也希望師父藉由輕鬆的運動來增強體力，好應付繁重的弘法活動。

師父外出散步，因為都是一大早，氣溫還沒有上升，尤其植物園裡處處有濃蔭，師父隨意地順著步道，四處看看，腳步很是穩健，途中還特別與一棵非常高大的古樹拍了合照。師父也難得的在書中記載：「在新加坡期間，每天早上我都被那些菩薩們帶到植物園、海濱公園等綠意滿目、空氣新鮮的環境中去散步，發現那兒的樹木終年常青，生命力旺盛，因為沒有颱風，任何熱帶樹木都欣欣向榮……我去了好幾個地方，都令人心曠神怡。」

二〇二二年十二月十日：重返植物園

時隔近二十年，我們團隊的新加坡之行，植物園自然是一定要去的，尤其是找尋與師父合照過的那棵大樹。這一天，我們的聲勢浩大，都是當年陪同師父散步運動的護法金剛，除了吳一賢、黃淑玲夫妻之外，還有法鼓山新加坡分會的創辦人周鼎華、朱盛華夫婦，以及前後任召委謝世玉、顏瑞華等人。

我們走進植物園時，天色是烏雲在遊走；沒有任何懸念，我們手拿著師父當年的照片，直接去找那棵大樹。只不過，誰能保證二十年前巨大的古樹，今日依舊安在？我們幾個人都加快腳步，想在下雨前找到目標。我們經過一下坡路，又繞過似曾相識的一方池塘，卻始終無法確認昔日古樹的所在位置。

幾經推敲，也如福爾摩斯般研究照片中古樹附近的相關植被與路徑，最終才發現我們一再猶疑的那棵大樹是對的，只因二十年前大樹前方的步道，被移動出去了（或許為的就是保護大樹）。我們數人在古樹下，分別說出對聖嚴師父的記憶與思念；每位菩薩說出來的話都發自肺腑，極其動人。那一刻，我的心澎湃了起來，如果不是天空開始落下雨點，我的眼淚或許就阻擋不住了。

我們在雨中急行軍，幾乎用奔跑的速度往出口處移動；途中還因為雨勢太大，躲進一小賣部稍停片刻。雖然有點狼狽，但也慶幸當年師父在散步時沒遇到雨天。吳一賢伉儷特別補償我們這趟尋樹的波折，領著眾人前往師父一九九九年在新加坡舉行「政商界菁英座談會」的所在地「東陵俱樂部」，共進午餐。

是日晚上，在法鼓山道場有一場分享會，常炬法師表示，新加坡有非常多信眾不曾見過師父的本尊，希望我與大家分享《度～聖嚴師父指引的33條人生大道》的書寫心路歷程，以及拍攝《他的身影2》的緣起。果然，當我結束分享，很多信眾找我簽書，每個人都歡喜著一張臉，覺得更理解了師父行走世界各地的悲願與辛勞。我同時也發現，

1 2

《他的身影 2》團隊重返植物園，與當年陪同聖嚴師父參觀植物園的護法信眾，一起於大樹前合影。

聖嚴師父於植物園觀看參天大樹並留影。（資料來源：《人生》雜誌）

1

2

3

1 與周鼎華夫婦（右3與右4）與吳一賢夫婦（左1與左2）合照。

2 拜訪光明山普覺禪寺廣聲法師，贈予當年聖嚴師父親筆寫下的「心靈環保」。

3 團隊在新加坡護法會輔導法師常炬法師陪同下，採訪當初大力護持聖嚴師父新加坡弘法的吳一賢伉儷。

有數位是從中國大陸來此生活或遊覽的信眾，他們一樣都掩藏不住內心的喜悅。

回到飯店漱洗過後，覺得肚子餓了，這才發現，我略過了晚餐，只為了晚上的分享會得以思緒清明，不會打結；話雖如此，我還是滿懷著富足的喜悅，酣然入夢，結束這忙碌的一天。

二〇二二年十二月十一日：採訪有淚水的故事

一大早就是傾盆大雨，不得不取消早上的拍攝計畫；我倒是賺到了休息的時間，早餐後又回到房間，倒頭大睡，居然昏睡到服務人員來按門鈴，才發現已是中午。

下午在道場有約，一份新加坡的佛教雜誌要來採訪，我冒著雨，徒步到道場。來訪的是位姓歐陽的居士，他代讀者問了許多問題，也有他自己的。當我分享與師父行走海外的感動故事時，我還能侃侃而談，聽聞故事的他，卻被我的故事引得淚水直下；我持續著把故事說完，但是眼光刻意不去看他，免得我的情緒也被他的眼淚感染了。

結束訪問後，我與團隊會合，前往新加坡的地標「魚尾獅」拍攝。或許當天正逢週日，由停車場出來一路到景區，沿途幾乎被成群的男女外勞所淹沒；聽他們的口音，看他們的衣著，應該是來自越南、印尼、菲律賓等國度。想來新加坡這個欣欣向榮的國家，需要仰仗外來資源的人力支援，已不是短時間的事，與臺灣極度相似。希望被需求以及需求的族群，都能彼此疼惜此一難得的因緣啊！

當晚是團隊停留在新加坡的最後一晚，飯後難得沒有工作，幾位年輕人原本還想外出走走，結果都不約而同地回到飯店，提早休息了。沒錯，隔天一大早要趕去機場，飛往澳洲雪梨，行李要整理，體力也要儲存啊！

感謝常炬法師一大早就趕來飯店，為我們送行；法師祝福我們在下一段旅途中也能順利平安，我們在車上頻頻向法師揮手，期待下一個相會的時光可以在不久後到來。

新加坡機場人潮洶湧，我們準備搭乘的班機客滿，旅行社事先已再三提醒，因為是廉價航空，經常會超賣座位，一定要提早報到，避免臨時被抓下飛機。是故，具有危機意識的團隊，雖早已做好網路報到的手續，但在人潮中也迅速找到自動報到機，拿到登機卡，又火速去托運行李，這才輕鬆愉快地排隊出關，奔向下一站澳洲雪梨。

誰都沒想到接下來的雪梨與墨爾本，我們不但撞到了Covid–19，也遇見了意想不到的人與事。

我常勸人家說：
「當你發脾氣要罵人的時候，就念阿彌陀佛。」
等於是說：你生氣的時候，
把問題交給阿彌陀佛。
——聖嚴師父

08 澳洲

2004.04.20-28 ｜雪梨大學、墨爾本迪金大學

雪梨撞到新冠疫情

我們搭乘的是上午十點的航班，由新加坡起飛，等到飛機降落澳洲的雪梨，加上時差，已過了當地晚間九點。好在有兩位菩薩來接機，Ginger 是自香港移民到澳洲的熱心一族，李燕則來自臺灣，她們各駕一輛車，才能載上我們團隊六人與龐大的行李。

到了飯店，李燕隔天一早要上班，我們請她趕緊回家休息；Ginger 留下，在大廳與我們確認後面幾天的行程；然後才發現，Ginger 菩薩幫我們預備了大量水果、飲水與吃食，要兩個人才搬得動。我們在雪梨停留的幾天中，她會一直陪伴著我們。

開完會，拖著行李回到房間，已是夜間十二點半。

二〇〇二年十二月十二日：疫情突發狀況多

一早，Ginger 菩薩就帶來了莫定頤菩薩，我們要一同去雪梨歌劇院尋找師父留下的足跡。莫師姐帶來了壞消息，她的妹妹莫靄瑜，是師父於二〇〇四年到訪雪梨時的共修處召委，她較我們早一天由香港趕回雪梨，姊妹倆本來是於當天陪同我們走一趟歌劇院的，卻沒料到，靄瑜突然確診，必須在家隔離。既然無常出現，我們當然得藹然面對；團隊分別搭上 Ginger 的座車與定頤菩薩負責帶領的計程車，立即駛向目的地。

聖嚴師父於二〇〇四年到訪雪梨時，臺灣也有一聽講團，陪同師父經過新加坡，再到澳洲的。抱病的師父，就算走路緩慢，也還是在大太陽底下，行經雪梨歌劇院周邊的公園與海邊步道，與歌劇院前等候的臺灣聽講團合照紀念。那回在歌劇院前的合照，最令我印象深刻的是師父明明可以在飯店休息的，但還是勉力拖著不舒服的身體，趕到預定的地點，關懷了信眾，滿了大家的願。

時隔近二十年的這一天，或許是疫情的威脅已不再鎖綁著人們的身心，歌劇院前的遊客並不少，港灣進出的郵輪與四處飛舞的海鷗，都在陽光下恆常活動。歌劇院前巡視的警衛人員，對我們團隊的行動非常敏感，哪怕是不用腳架，都上前來盤問了兩次，一再申明，不准有商業性的攝影。

我們非常有效率地搶拍完成後，Ginger 菩薩就在港灣邊上的餐廳招待我們共進午餐，我們六個人要想搶著付帳，都比不上她一個人的氣力大；這還不說，等到我們的車子離開停車場，也發現她僅是停車費就付了澳幣五十元（超過台幣一千元），頓時覺得好心疼，她反而淡然地表示，這就是雪梨的日常啊！

下午在 Ginger 無償提供給共修處的道場，採訪了悅眾菩薩後，我們徒步走回飯店；稍事休息後，她又領著我們去一港式餐廳用餐，照例，不讓我們付錢；她的理由很堂皇——我們此行的辛勞與目的，難以用金錢衡量，她有此機緣略盡地主之誼，又算得了什麼？

二〇〇二年十二月十三至十五日：難忘師父的慈悲

十三日上午在分會有一場分享會，午齋後，繼續拍攝悅眾菩薩的訪問；等到完成當天的拍攝進度，我們還是一同步行回飯店。我因「眩暈菩薩」相擾，放棄是日的晚飯，請團隊自行解決，就在房間裡為隔天的工作養精蓄銳。十四日亦然，也在道場拍攝。

十五日上午，我們分乘兩部車，開了一個小時，駛向陳素貞菩薩的公司訪問她。她與夫婿吳進昌菩薩曾經長期提供雪梨的不動產，作為共修處的道場；師父在雪梨弘法期間，也由吳進昌菩薩負責駕車，護送師父每日的進出。

吳進昌菩薩剛好在臺灣忙於公務，當天就由陳素貞菩薩來招呼我們。素貞菩薩說，當時因為生意上的壓力非常大，內心很不安定，幸好師父的到訪，讓她只與師父共處一天中，近距離感受到師父慈悲的關懷：雖然隔天又匆匆趕回臺灣開會，但卻讓她充足起一股無形的力量，有了氣力去面對一切；說著說著，素貞菩薩開始哽咽，擦拭起感恩的淚水。

結束了素貞菩薩的訪問後，我們又火速轉往另一社區，訪問確診隔離中的莫靄瑜菩薩。靄瑜菩薩的住家前方，剛好有一處公共草坡，大樹與綠茵圍繞，剛好適合我們遙遙對望的室外錄影。靄瑜菩薩與我隔了五公尺左右，幸好我們備有兩台攝影機，才得以順利拍攝。她一再對突然的確診，無法陪同我們而致歉，我反倒感謝她，在香港與兒孫共享天倫期間，還為了我們前往雪梨的拍攝，遠距離的安排相關人與事的調配，真是銘感於心。

提及當年師父到此弘法的過程，靄瑜菩薩最是難忘的就是師父不顧身體的不適，馬不停蹄地參加她們事先計畫好的所有活動，無論是對內關懷信眾，對外參加論壇、演講，與雪梨大學簽訂學術交流的備忘錄等密集行程，一場都沒有告假，那是需要多大的毅力與慈悲，才能做得到？

訪問結束後，靄瑜菩薩叮囑了她的女兒 Gina 與姊姊定頤，帶著我們去小鎮上一家蔬食料理很有名的餐廳過午，並強調那家的咖啡也非常好；定頤菩薩也開始打邊鼓，說是難得可以代替妹妹靄瑜一盡地主之誼，要我們千萬別客氣，一定要好好吃一頓才划得來。

飯後，下一站是雪梨大學。

二〇〇二年十二月十六日：心解脫者的迴響

師父曾經特別陳述過二〇〇四年四月二十二日那一回在雪梨大學進行的活動：「今天我非常光榮地能夠到雪梨大學來，代表中華佛學研究所，與雪梨大學宗教系簽訂學術交流備忘錄。這對我個人以及我們研究所都是非常光榮的一樁事。未來不僅在佛教的、宗教的，在人文層面也可以多做合作。我們雖然是在臺灣，但它應該是跨國界的。」

當時師父不但與雪梨大學文學院副院長瓊・辛克萊（June Sinclair）教授簽署備忘錄，還應雪梨大學宗教系之邀，當天於校內舉行了一場講題為「禪宗對俱解脫的看法～心解脫者與會解脫者之關係」的學術演講。我永遠記得，師父一開場就幽默地說「不知道為何貴系會指定如此深奧的題目？」頓時引起在場師生的哄堂大笑。

隔日的晚上，師父再次回到雪梨大學東方大道講堂，舉行一場公開演講，講題是「禪與心靈環保」，有七百餘位聽眾湧進會場，並進行了皈依儀式。

時隔多年，師父也圓寂超過十多年，但是莫靄瑜菩薩並沒有忘當初師父是如何盡形壽，獻生命的在雪梨奔走。就在靄瑜菩薩持續推動下，結合了何秋輝博士、Mark Allon博士等有力人士，於二〇一五年成立了「漢傳佛教聖嚴師父紀念講座」。我們團隊在雪梨拍攝期間，Mark博士剛好不在雪梨，但是原籍新加坡的何秋輝博士，倒是如約出現在我們眼前。

十六日白天的重頭戲全在雪梨大學。十二月的澳洲，對北半球的人來說，應該是初夏了。煦和的陽光光束，穿過雪梨大學回字形的紅色廊道，讓我回想起師父當年穿過迴廊的身影。何博士一開口就跟我說，世間的偉人，如聖嚴師父、李光耀（新加坡的開國元首）皆已遠行，後面的來路，又有什麼人可以期待？有如善於思考的哲學家，何教授領著我們，在校園裡循著師父當年的足跡，又重新走訪了一遍；等到工作結束，他在道別後，默默的消失在迴廊的盡頭；如今，他發自內心的嘆息，仍在我的耳邊迴響繚繞。

下一站，我們要飛往墨爾本。

二〇〇四年，我們師徒一行抵達墨爾本後，原本有計畫，要去一訪澳洲的國寶無尾熊的，後因師父過於疲累而取消。近二十年後，我們團隊再次前行墨爾本，得以彌補上回的遺憾，一見野生的無尾熊嗎？謎底將於下一篇文章揭曉……。

1

2

1 2004 年聖嚴師父於雪梨大學東方大道講堂，公開演講，講題是「禪與心靈環保」。（資料來源：《人生》雜誌）

2 2004 年聖嚴師父代表中華佛學研究所，與雪梨大學宗教系簽訂學術交流備忘錄。（資料來源：《人生》雜誌）

3

4

5

3 張光斗和 Ginger 與莫定頤合照。

4 來自新加坡的何秋輝博士在聖嚴師父曾經穿過的紅色廊道上回憶當年。

5 莫靄瑜是聖嚴師父於 2004 年到訪雪梨時的共修，此行拜訪時，正巧她確診新冠肺炎。

又見墨爾本的野生鸚鵡

二〇二二年十二月十六日：聊起來就充滿感懷的當年

我們團隊在新加坡，準備前往澳洲的雪梨之前，法鼓山墨爾本分會的第一任召委鞠立賢菩薩就再三叮囑，上機前要做快篩、行李要噴酒精消毒、下機要換口罩，目的就是希望我們能夠先做好自我防護的同時，也能保護他人。

十六日的一大早，Ginger 菩薩又帶來兩大袋的西式早餐，讓我們在飯店的大廳享用完畢，再前往機場，飛向墨爾本。她與李燕一如我們來時的陣仗，親切地迎往送來，一到機場，才下完行李，李燕要立即回頭去上班，Ginger 也要進公司；與這兩位菩薩道別時，還真有點依依不捨；出門在外，遇見如此熱心付出的菩薩，真是我們的大福報。

我們的飛機只延遲了十分鐘就抵達墨爾本，這對習慣來往雪梨與墨爾本的旅客來說，算是非常幸運的好消息。我們依循鞠立賢菩薩的叮嚀，推著行李到指定的地點等候開著大型旅行車的她，以及另一台由 Eric 師兄開的旅行車。他們的車很快就出現了，

澳洲

Eric一見到我們就說恭喜，因為墨爾本連下了幾天雨，自我們抵達開始，都會是非常好的天氣。

這兩部車子直接將我們載往簡浩華（Paco）、胡振芝（Tess）賢伉儷的家，當天是上班日，Paco菩薩還臨時向公司請假，在家等候我們的到來。說來也真是感動，我們行前在群組打聽，適合在何處預訂住宿的飯店，才方便拍攝的進出？沒想到Tess菩薩私訊我，說明她家包括書房，可以有四間房間落腳，建議我們就去她家住宿。我們團隊原本不好意思，覺得太過打擾，但後來知道，Paco、Tess賢伉儷，前後都擔任過法鼓山墨爾本共修處的召委不說，Tess也再三強調，我們團隊這麼辛苦的全球拍攝師父的紀念影集，她們夫妻如果能夠一盡綿薄之力，接待我們，還能與團隊相處數天，會是非常開心的事。幾經考慮後，我們從善如流，真的就接受她們夫婦的美意了。

我因眩暈，先占據了樓下的臥房，拂逆了他倆要帶我出去吃晚飯的好意，只想躺一下。等到他倆與團隊吃完晚飯回來，就來敲我的房門，說是有專治眩暈的水藥，給我醫治。我雖有點心不甘情不願，但還是勉強起床，前往客廳。我這人原本就是「人來瘋」，有了主人與團隊的熱情鼓譟，我也就逐漸忘卻了身體的不適，一同聊起師父二〇〇四年到墨爾本弘法的林林總總珍貴往事。一向心細如髮的攝影師阿良，當年也是團隊的一份子，居然就在手機裡找到了當年來訪的影片，更湊巧的是，其中還有Paco向師父報告墨爾本分會舉辦活動的實況，這一下，我們全都沈浸在緬懷師父的氛圍中了。

二〇〇二年十二月十七日：沒看到無尾熊看鸚鵡

聖嚴師父於二〇〇四年的四月二十四日的中午，由雪黎飛到墨爾本，二十七日又飛向瑞士，實際停留在墨爾本的時間非常短暫；但是下飛機當天下午兩點開始，就應澳洲心理學會的邀請，在墨爾本迪金大學（Deakin University）以「禪與心理健康」為講題，作該會全國年度研討會的專題演講。

隔天二十五日下午，又應邀在澳洲墨爾本曼寧翰市政廳大樓活動中心，以「禪與人間淨土」為題，作公開演講，並主持皈依典禮。當晚則繼續在墨爾本的凱悅飯店，與跨宗教領袖舉行論壇。尤其是晚間的跨宗教領袖論壇中，師父在做最後的結語時，做了晨鐘暮鼓的開示；師父指出，在澳洲的多元文化中，宗教扮演非常重要的角色，然而在宗教交流中，必須遵守「承認所有的宗教都是好的」以及「選擇不同信仰的人也都是最好的」這兩個原則。師父還強調，宗教衝突是人們對宗教的誤解所造成，而不是宗教本身；如果宗教本身僅止於信仰是不夠的，還必須配合修行。

連續兩天的重頭戲，真是把師父累壞了；依照原先的安排，二十六日上午，墨爾本分會的菩薩們，由專程自香港飛來的陳天明菩薩（鞠立賢師姐的同修）帶隊，領著師父與隨行侍者們，去參觀澳洲的國寶無尾熊。只不過，二十五日晚上，疲態畢露的師父問我，無尾熊一定要去看嗎？一定要去拍攝嗎？我趕緊搖頭否認；師父當場彷彿放下了肩頭的壓力。

我們終於在次日上午，讓師父在鞠立賢、陳天明家中，充分休息了夠。等到吃完午齋，師父又略作休息後，陳天明菩薩對我眨了眨眼，我還沒會意過來，他就跟師父說，難得天氣很好，是否領著師父外出走走，有個自然公園的空氣特別好，散散步也能解乏，師父點頭了。我們立即坐上車，前往丹地隆國家自然公園。

古木參天的自然公園，果然是個好地方，空氣清新不說，還有顏色斑斕的野生鸚鵡四處飛翔，煞是好看。陳天明菩薩遞給師父一撮瓜子，忽然有一隻非常漂亮的鸚鵡飛到師父手上，師父有些驚喜，開心的笑了，我們抓住機會，趕緊拍下這難得的瞬間。

我跟隨師父在海外行腳十二年，見到的師父都是辛勤地度化眾生，既繁忙又吃重，幾乎很少有輕鬆下來的機會；那一回，師父與鸚鵡的相遇，算是極為特殊的意外，因此，此趟重回墨爾本，丹地隆國家自然公園，是我們一定要重訪的地標之一。

十二月十七日是星期假日，Paco、Tess 菩薩不用上班，當然就由他倆開了兩部車，一路駛向丹地隆國家自然公園。當天的午後還安排了其他行程，我們只是進入公園走了一百公尺左右，就得尋找適合拍攝的地區，與 Paco、Tess 夫婦一同來追憶師父當時在此處留下的身影。

我們找到一張野餐桌坐下，開始訪談；Tess 特別提及，二〇〇四年，她在雪梨，親眼看見師父不辭勞累，於大太陽底下，與信眾們在雪梨歌劇院拍照的一幕，好不容易等到數十個人再三調整列好隊，拍好照片，信眾們解散，師父才非常急迫的要找洗手間。Tess 說，師父為了滿眾生的願，哪怕是身體再不適，都會忘我的將自己排在最後面；或許那一回的印象太深刻，Tess 忍不住地開始哭泣，我與 Paco 只能默默地等到 Tess 情緒平復後，再接續後面的話題。

我們的桌上，剛好放有一撮瓜子，沒想到忽然有一隻野生鸚鵡由空中翩然而降；我們同時發現，這隻鸚鵡與當年站在師父手中的一模一樣，就連羽毛的著色都相同。牠先是偏著頭觀察我們，我們開始與牠說話，還詢問牠，當年是否就是牠與師父結緣的？牠放下了戒心，開始自在地叼起瓜子，享受美味。我們大氣都沒敢吭，不想打擾牠的興致，直到我們必須要離去的前一刻，牠才心滿意足地淩空飛去。

我們隨後趕赴鞠立賢師姐的住家，一同走進師父當年下榻的臥房，以及庭院裡，師父非常喜愛的一棵楓樹。如今的那棵楓，當然已較以前高大了許多，我們只能在樹下憶及那位始終忘我的巍峨僧侶。

二〇二二年十二月十八至二十日：依舊無緣的無尾熊

白天匆忙去拜會當年邀請師父到訪的故人以及師父演講會的主持人；回到家中，吃完晚飯，Tess 提議，要領著我們去看野生袋鼠，只有我放棄，乖乖在家整理資料。看完袋鼠的團隊，開心的展示他們拍到的畫面，我想，起碼可以分享給觀眾朋友；至於無尾熊？大概還是留到下一回的因緣再起時了。

十二月十九日，整天眩暈，團隊讓我在家休息，所有的拍攝工作，都由他們代勞了。

十二月二十日雖然要搭晚上的班機回臺；上午，當地的資深悅眾陳家榮夫婦、梁萬有菩薩分開兩部車，先去造訪師父當年參加跨宗教領袖論壇的凱悅飯店。不可思議的事情發生，就算我們沒有事先申請，當年會場的大門敞開著不說，燈光也大亮著，飯店的安全人員完全不干涉我們的拍攝，讓我們在非常順利的情況下完成工作。

1

2

3

1 聖嚴師父2004年在墨爾本迪金大學以「禪與心理健康」進行專題演講。(資料來源:《人生》雜誌)

2 聖嚴師父2004年在丹地隆國家自然公園與野生鸚鵡合影(資料來源:《人生》雜誌)

3 與Paco、Tess夫婦重返丹地隆國家自然公園野餐桌上訪談時,也有野生鸚鵡湊熱鬧。

隨後前往迪金大學尋找師父的身影。Paco 菩薩事先幫我們做過查詢，可惜師父當年演講的古蹟會場，已經轉賣出去；我們想到現場闖闖看，只因警衛森嚴，交涉未果，只能遠遠拍到建築，就當作是我們沒有空走一遭。

下午六點，Paco 幫我們預約的一輛大型房車準時報到，上完行李，就準備前往機場。與 Paco、Tess 道別時，我們都是喜樂著一張臉，因為我們知道，一個月後，他倆要回臺灣省親，我們又可在臺灣相聚啦！

1

2

1 張光斗與團隊合力烹煮食物，感謝招呼多日的 Paco、Tess 夫婦。

2 聖嚴師父在墨爾本弘法期間，下榻於鞠立賢居士的家中，有點時間，便在花園中散步。

「凡是給我生活空間與生存因緣的時段，
都有我的搖籃，都是我的道場。」
——聖嚴師父

09 日本

1997.10 ｜立正大學演講
2005.08 ｜富山老子製作所

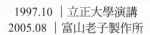

感恩的鐘聲不絕於耳

日本

回首探源那個非常封閉阻塞的時代，一個沒有學歷的僧人，居然可以申請到日本知名大學院（研究所）的入學許可，已是幾近神蹟的奇遇，而聖嚴師父就遇上了。

一度，因為經費等元素，師父動過打消留學的念頭；師父曾寫信給淨海法師，透露過此一心境的困擾，淨海法師回信給師父，強調這或許是此生最後一次的留學機會，若是錯過，將永不再有。於是，師父穿越了貧困等現實問題的煩憂，使出了絕無僅有的決心與毅力，於一九六九年三月，抵達東京，進入立正大學就讀。只因心中沒有退路，師父歷經六個春夏秋冬的苦讀與研究，先是在一九七一年以論文「大乘止觀法門之研究」論文，獲得碩士學位。再經四年的奮力琢磨，以「明末中國佛教的研究」論文，獲得立正大學院二十四位教授的不記名投票的全票通過，在一九七五年的三月十七日自立正大學校長菅谷正貫博士手中，正式取得博士文憑；這也是立正大學博士班開辦十九年來，第三位取得文學博士學位的學者。

畢業後的聖嚴師父，只有在一九八三、一九九二年因國際學術會議與學者訪問團，兩次到訪過日本。然後於一九九七年十月返回母校立正大學，以「人間淨土與現代社會」為題，做公開演講，並將多年累積的版稅收入三百萬日圓捐贈給母校，感謝母校的栽培之恩。原來師父一直以實際的行動來返照知恩報恩的心心念念。

接著下來，就是二〇〇五年的八月，聖嚴師父親自帶團遠赴日本富山的老子製作所，勘驗法鼓山法華鐘的鑄造；再由富山搭機前往東京，與立正大學、出版社的老友重敘的同時，也捐贈五十萬美元給母校，充作留學生的獎學金所用。

二〇二三年五月十九至二十日：走訪法華鐘的老子製作所

《他的身影2》團隊六人，於此日中午抵達日本東京的羽田機場，追溯聖嚴師父與日本的種種因緣。

收集到師父與日本的種種關聯與因緣的團隊，在羽田機場下機後，第一個目標，鎖定的就是位於富山的老子製作所。老子製作所一度因為其他投資的失誤，造成嚴重虧損而歇業；但說也湊巧，等到我們確定要赴日拍攝前，居然傳來該公司復業的好消息。

經過事前的多方聯絡，老子製作所的現任會長元井秀治先生慨然應允，願意接受我們的訪問。由羽田機場轉乘兩種不同電車，推進到東京車站，改搭新幹線，我們直奔富山而去。等到出了富山車站，眾人將笨重的行李推去車站對面的飯店，準備入住了，才發現我擺了大烏龍，老子製作所的元井會長約定的是新富山車站對面的同名飯店；於是，又匆忙領著團隊，重新買車票，再搭一段新幹線，到下一個新富山站。

五月二十日一早，元井會長非常準時的駕駛了他的六人座旅行車，到了飯店門口迎接我們，直接駛往老子製作所。元井會長沒有想像中的保守沈鬱，他很健談，不但充分分享了二〇〇五年，他以老子製作所工廠主任的身分接待師父，親眼目睹師父鉅細彌遺地驗鐘的嚴肅、莊重態度，甚至也慨然低迴道，老子製作所在鑄造銅鐘的軌道上，一直都是有盈餘的，只可惜後來轉往德國、中國投資，製作釀造威士忌酒的蒸餾器材，因金額過大，週轉失靈而倒閉。如今，經過日本政府的輔導，總算可以重新回到鑄鐘的本業上，但是，已斷斷沒有能力，再能鑄造像是法鼓山上那口巨大巍峨的法華鐘了。

法華鐘是青銅所鑄造的唐式風格，刻有「妙法蓮華經」一部，計六萬九六三六個字；《大悲咒》一卷，共四百二十四字；並有多寶塔雙佛並坐圖一幅。重二十五公噸，高四．五公尺，直徑二．六公尺，厚度二十九．六公分。早於一九八九年，師父為法鼓山上側翼山頭命名為鐘山時，就希望有一口大鐘懸在該處。二〇〇三年，成立法華鐘小組，開始籌備工作；小組成員歷經中國大陸、韓國、日本各地考察後，於二〇〇四年五月，與老子製作所簽約，將法華鐘的鑄造委託給該公司負責。

老子製作所位於日本富山縣的高岡市．高岡市遠在江戶幕府時代就以盛產銅器而知名。老子製作所為日本各寺院鑄造了超過兩萬口的銅鐘，在市場占有七〇％的出產額。京都的本願寺、三十三間堂、成田山新勝寺等名山古剎都能看到該公司的產品，就連廣島市的和平鐘也是。

二〇〇五年八月二十四日，師父親臨老子製作所勘驗，二〇〇六年一月二十二日法華鐘由日本運抵法鼓山，並舉行迎接法華鐘法會。該年八月二十二日，鐘樓完成，法華鐘正式上掛，十二月二十三日舉行落成啟用典禮；二〇〇七年二月十七日首次舉辦除夕撞鐘活動。

師父說過：「我們要做一口法華鐘，來做為我們整體法鼓山的象徵。除了《法華經》之外，我們這口鐘後面還有一卷《大悲咒》，拜法華鐘的時候，就等於拜了一部《法華經》，撞一聲鐘，就聽到整個《法華經》與《大悲咒》。這是無限光明、無限希望的一口鐘。」

元井會長回憶道，當年師父親自出現在老子製作所，最令他們驚異的是師父不顧身體的不適，親自攀登上鷹架，非常仔細地驗查鐘上所刻的字，不夠浮出，不夠立體的，都立即指證出來。只是，師父完全沒有大法師的架子，非常平易近人，真的是位了不起的高僧。

整個上午拍攝完畢，元井會長又駕車帶領我們去吃拉麵與餃子；既然知道老子製作所的財務狀況還在「再生」中，我就直接跟他說，這碗拉麵，我們團隊來請他；元井會長沒有任何扭捏，坦然接受了我們的好意。飯後，他又領著我們去參觀「瑞龍寺」，師父當年也到訪過，對於該寺庭院的枯山水，以及唐式的禪堂、建築，都給過十分正面的評價。

二〇二三年五月二十一日：重訪立正大學

我們上午退了房後，就搭乘新幹線，回到東京，並入住距離立正大學走路約莫十分鐘的一家飯店。

稍事休息後，我們順著谷歌的地圖導引，在立正大學左側，找到師父當年住過六年的木造寮房；雖然周邊的環境都有了改變，那棟日式的木造二樓房子，卻依然矗立著。師父的住處在二樓，只有四個半塌塌米的房間，典型的冬冷夏熱。師父在《春夏秋冬》

一書中曾對寮房有過如下的描繪：「我曾在那裡，春夏秋冬，年復一年，給我歷練，助我成長，是我養成學業的搖籃，是我增進慧業的道場。也讓我更深切地體驗到，凡是給我生活空間與生存因緣的時段，都有我的搖籃，都是我的道場。」

我也憶及一九九七年，師父回到母校演講那回，趁著時間還夠，師父領著我們行走到那間木造寮房前，房子依舊在，只是房東已經易人；那一刻，師父的心情看似沒有任何波動，在房子四周看了一遍後，就順著房前的下坡步道，行到立正大學的校門口。這段不算長的步道，師父前後行走了六年，哪怕是病了、倦了、累了；天晴著、雨著、乃至刮著風、下著雪，還是要咬緊牙關的來回堅持著。處在那個十分保守的年代，師父穿著僧服，苦讀不輟，無視周遭投來的異樣與冷漠眼光，僅是想像，都讓人無法擋得住來自內外的壓力；難怪在取得博士證書那一天，回到寮房，師父面對觀世音菩薩的聖像，會在拜下後痛哭失聲。

二十多年倏然過往，當我再次站立在那間寮房前，哪怕往事不再如煙如塵，我還是慶幸著，幸虧我們來了，也記錄下來了；我們並沒有讓那段動人的篇章消殞紛失啊！

1 2

3

4

1 聖嚴師父於日本求學時的宿舍房間。（資料來源：《人生》雜誌）

2 聖嚴師父於立正大學校門口留影。（資料來源：《人生》雜誌）

3 三友健容教授是聖嚴師父的摯友。（資料來源：《人生》雜誌）

4 2005 年聖嚴師父親赴老子製作所，攀上鷹架，仔細地驗查法華鐘上所刻的字。（資料來源：《人生》雜誌）

果暉方丈的感恩之行

日本

遠在前一年的年末，我向同樣在日本立正大學獲得博士學位的法鼓山方丈和尚果暉法師報告，陳述《他的身影2》的拍攝計畫中，有關日本的部分，期待方丈和尚得以在繁重的法務中，抽出幾天，一同前往日本；畢竟，同時保有聖嚴師父的弟子與學弟雙重身分，方丈和尚在節目中的現身說法，舉足輕重。

方丈和尚明確地表示，一旦返回母校，如果也能籌備一場學術演講，或許更是圓滿。

方丈和尚的此一建議十足珍貴，也讓《他的身影2》的日本篇更顯立體且厚實，我便立即與三友健容教授取得聯絡。三友教授不僅是聖嚴師父的摯友，師父在日本留學過程中，得到三友教授與家人非常大的照顧；沒想到此一佳話淵遠流長，三友教授日後也成為果暉方丈在立正大學攻讀博士學位的指導教授。

我與三友教授相識甚早。一九九四年，我在華視製作《點燈》節目，特別到日本拍攝外景，訪問了多位當年對師父非常照顧的舊友，三友教授便是其中之一。拍攝完畢後，三友教授居然爽快的答應我的邀請，飛到臺灣，在《點燈》節目錄影時，突然出現在現場，給了師父非常大的驚喜。因為《點燈》節目與三友教授締造的好因緣，也讓我於日後充分運用，並於一九九七年，與他一同促成師父回到母校演講的計畫。

二〇二三開年過後的一月份，我如約前往日本埼玉縣的高應寺，當面向三友教授討教方丈和尚返校演講的相關事宜。曾任高應寺住持的三友教授，雖然在退休後，已將該寺的職務移交給女兒，但還是與夫人在寺裡非常熱情的接待我。席間，原則上確認五月份是方丈和尚返校演講的理想時間，三友教授並果斷的表示，願意出面與立正大學的相關人士溝通，全力促成此事。

對於《他的身影2》的工作團隊來說，日本這一集具有最是特殊的時空關鍵。師父在日本學成後，沒有停留在臺灣，而是橫跨了太平洋，前往美國，開始了將漢傳佛法由東方到西方的步履。如今將視角重新回復到日本，既然我們節目的英文抬頭是「His legacy Master Shenyen」，指的是師父留下的佛法與傳承，果暉方丈藉由返校演講，代替師父探望昔日舊友，甚至於也要效法師父，捐贈給母校一筆獎學金，在在都顯示出方丈和尚這趟的報恩之行，具有難能可貴的傳承意味。

二〇二三年五月二十二至二十四日：桐谷教授的淚水

五月二十二日的晚上十點，果暉方丈與常震法師、演海法師以及擔任口譯的許書訓老師賢伉儷，平安抵達飯店，我的心也才真正落實下來，深信往後的幾天，一定可以順利地完成預定的拍攝行程。

五月二十四日，方丈和尚帶來了許多禮物，分裝兩個大箱子，準備分送給母校的師長們：本來想要叫計程車，但飯店距離立正大學很近，計程車反而要繞道，非常不方便，最後決定，我們還是徒步過去。

到了立正大學的校門口，立即有校方代表接待，領著我們前往方丈和尚演講的會場。進了會場就見到師父的知交三友健容教授夫婦、桐谷征一教授；立正大學校長寺尾英智教授、宗教系主任安宗尚史教授等人也都已就座。方丈和尚以「坐禪三昧經研究～以息門六事為中心」為講題的演講，在安宗系主任簡單的介紹後，隨即展開。

方丈和尚的開場非常感性，他直接陳述，身為聖嚴師父的出家弟子與大學院的學弟，這次能夠有機會回到母校演講，非常榮幸。方丈和尚並且強調，這趟重回母校，他也要效法師父當年回饋母校，感恩母校栽培的精神，將以兩千萬日幣的善款，加添到師父當年開設的獎學金中。

立正大學非常重視方丈和尚的到訪，演講結束後，隨即轉換場地，進行獎學金的捐贈儀式。寺尾校長與安宗系主任都非常推崇聖嚴師父利益後輩學子的美意，同時也對方丈和尚這回繼續增添獎學金金額的善舉，給予再三的謝意。

方丈和尚無法在會場久留，用過簡單的齋飯便當後，我們一行就得迅速離開，乘坐山手線，前往池袋附近，位於雜司谷的本納寺，拜望已退休的前住持桐古征一教授。

桐谷教授一家人，都曾是對待聖嚴師父甚為親切的摯友。尤其是師父在書寫博士論文的衝刺階段，桐谷教授還陪同師父去溫泉旅館，沒日沒夜地幫師父做最後的校正。師父於一九九七年返校演講那一回的行程，師父特地在十月十四日上午，率同出家、在家弟子一行，前往本納寺，為已故的三位指導教授：坂本幸男先生、金倉圓照先生、野村耀昌先生，舉行感恩祈福法會；桐谷教授還刻意以中文致詞時指出，立正大學師生都以聖嚴師父的國際弘法、學術成就為榮。

我們一行人在方丈和尚的帶領下，進入本納寺後，由桐谷教授接任住持的女婿出面迎接；在寺內大殿禮完佛後，桐谷教授出現，延請我們去他位於寺邊的住家喝茶小敘。而後，接受我們訪問的桐谷教授慨言道，聖嚴師父為人嚴謹、治學嚴謹，事事都嚴謹，他此生交友算是廣闊，卻從未見過人格如師父般高尚的高僧。他又說，他是二〇〇六年，法華鐘正式上掛鐘樓的那一次，適巧陪同朋友參觀法鼓山，見到聖嚴師父一面，當場緊緊握著師父的手；卻沒料到，那也是最後一次見到師父。說著說著，桐谷教授的眼裡泛滿了淚水，對於師父的懷念，溢於言表。

五月二十五日：重訪高應寺

我們先預租了一部中型巴士，這天一大早，我們一行要遠赴埼玉縣的高應寺，三友健容與他接任方丈的女兒，都在寺裡等候著我們。

雖然前一天才在演講會場見過方丈和尚，但是得知方丈和尚是第一次到訪高應寺，三友教授還是十分歡喜。面對著攝影機，三友教授是如此說的：「到日本留學的外國留學生很多，留學到最後能一直保持原來生活方式，乃至得到博士學位，聖嚴師父是第一個人。聖嚴師父無怨無悔地如此艱辛地度過六年的留學生涯，能夠支撐到最後而走過來，令人不可思議。他從來不曾擔心自己能夠活多久，就只是堅決地往前一路走去，堅毅的身影，是令我難忘的。」

我們在高應寺停留了一個多鐘頭，結果又發生一件糗事，三友教授以為我們自備有午餐，我卻以為高應寺會準備有簡便的便當，等到三友教授宣布要開飯了，我才發現出

1

2

3

1. 我們與方丈和尚在本納寺合影。

2. 高應寺三友教授夫婦宴請團隊並祝賀金婚。

3. 方丈和尚與山喜房的淺地太太合影。

4 果暉方丈（右2）在高應寺與博士指導教授三友健容（右4）及其家人、許書訓教授（左4）等合影。

5 訪問老子製作所所長元井秀治會長。

6 方丈致贈獎學金 2000 萬日圓給母校立正大學。

了紕漏；我們於是立即告辭，前往不遠處的超市，各自選了飯糰、麵包、咖哩飯、咖啡，就在車上草草解決了午餐。

下一站是東京大學對面的山喜房佛書林書店。已故的書店老闆淺地先生，對師父非常照顧，師父的博士論文，當年也是由淺地先生承擔印刷。方丈和尚早早就囑咐過我，是故我事前也與淺地太太約好見面的時日；等到我們準時抵達，淺地太太一再對書店太狹小，無法接待方丈和尚而致歉；方丈和尚將禮物交給淺地太太後，也就沒有多做打擾，迅速告辭離開。

方丈和尚隨後還要前往神奈川縣拜訪友人，我們就在東大先行分道，方丈和尚與兩位法師搭乘地鐵前往神奈川，我們團隊則回到飯店；我們整理當天的拍攝紀錄後，就要參加三友教授特意在我們住宿飯店附近，非常著名的「雅敘園」，預訂了和式素食，為方丈和尚及團隊送行的晚宴。原本擔心方丈和尚與法師趕不回來，幸好只慢了半小時，就及時出現在「雅敘園」；三友教授的女兒這才宣布，當天恰好是三友教授夫婦結婚五十週年，金婚大喜，這頓超美味的素食晚餐，就更是具有特殊意味了。方丈和尚、團隊與三友教授一家拍完紀念合照，徒步前往目黑車站，乘坐山手線，返回飯店。回程的路上，我有點恍惚，覺得日本的拍攝簡直太順利了，也唯有感謝佛菩薩與師父的護佑啊！

「一切眾生都有佛性，北極熊也能成佛，
他們是屬於佛法的邊地，更需要我們用佛法去幫助他們，
不論是什麼人，只要我們用真誠的心、坦率的心、
慈悲的心跟他們相處，一定能夠贏得他們的信任和友誼。」
——聖嚴師父

10 俄羅斯

1998.08.24-09.04 | 俄羅斯聖彼得堡
2008.05.06-05.16 | 俄羅斯莫斯科

明知山有虎，偏向虎山行

依照原定計畫，《他的身影2》團隊是訂於二〇二二年的十一月初，前往俄羅斯的聖彼得堡、莫斯科兩地，尋找聖嚴師父所行過的足跡。只不過，只要是聽聞我們有此行動的周遭友人，都極力反對，擔心我們萬一被捲進俄烏戰爭的漩渦裡，事情就不好辦了。原先我還挺樂觀的，因為師父的一段文字，是我最大的力量泉源。

師父在《兩千年行腳》一書中，針對俄羅斯弘法一事，有過如此的紀述：「在我出發之前，臺灣也有人抱著懷疑的口吻問我：『俄國人我們一向稱他們為北極熊，陰狠可怕，師父怎麼敢去教他們禪修？』當時我說：『一切眾生都有佛性，北極熊也能成佛，何況他們是人不是熊；而且他們是屬於佛法的邊地，更需要我們用佛法去幫助他們，所以我並不擔心。』我有信心，不論是什麼人，只要我們用真誠的心，坦率的心，慈悲的心跟他們相處，一定能夠贏得他們的信任和友誼。」

事實的確如師父所說，當我們與俄羅斯的窗口在WhatsApp組成小組後，雙方的溝通雖然因為語言的障礙，偶爾會有些出入，但是他們非常歡喜且期待我們的前往，更何況曾經到過俄羅斯帶領禪修活動的果醒法師，也將與我們同行，並帶領禪二的修行活動。只不過，團隊面對的現實問題很嚴峻，僅是經濟艙的來回機票（臺北↓土耳其的伊斯坦堡↓聖彼得堡↓莫斯科↓伊斯坦堡↓臺北）就要價近十九萬台幣一張，回程還要候補；當時也僅有土耳其航空在飛俄羅斯，其他歐洲、美洲的航班全都停駛。機票之外，俄羅斯的邀請函，乃至簽證的申請都曠日費時，讓我們不得不暫時取消計畫，這倒引起俄羅斯菩薩們掩飾不住的沮喪與失望。

等到二〇二三年春天，走完墨西哥、北美，並定奪日本的行程後，我再次起心動念，堅信如果放棄俄羅斯的拍攝，《他的身影2》就稱不上圓滿；哪怕好友們都嚴正警告我，明知山有虎，偏向虎山行是極度冒險的行為，我還是不為所動。果不其然，當我們與俄羅斯的窗口再次聯繫後，他們那邊發出的歡呼聲，我幾乎立即聽得到。就在依照規定的程序中，我們終於取得邀請函，並在一週後拿到俄羅斯簽證。

二〇二三年六月一至四日：終於啟程前往俄羅斯

六月一日的晚上六點半，我拉著行李離開家，前往桃園國際機場；此行，團隊非常謹慎，針對攝影裝備，盡量簡單化，尤其空拍機絕對不可攜帶，那絕對會觸碰到俄羅斯警備的紅線。

六月二日凌晨四點，飛機平安落在伊斯坦堡機場；我們略事休息後，要轉搭上午八點十五分的班機飛向聖彼得堡。

聖嚴師父曾於一九九八年的八月二十四日至九月四日期間，到訪過俄羅斯的聖彼得堡，主持了一個禪五，並在該地唯一一所藏傳佛教的百年古寺中，舉行過一場名為「佛教和禪的修行」的專題演講。雖然當時邀請師父的是聖彼得堡佛法中心，但最為投入的卻是以亞歷山大為首的無極門武術學校的成員。其實早在六年前的一九九二年，師父曾有計畫前往俄羅斯弘法，後來因故取消。

這一回，無論是聖彼得堡或是莫斯科，接待我們的全是一九九八年師父到訪俄羅斯的主力團體——無極門。

我們的飛機順利落地於聖彼得堡機場，才出機門就有股冷空氣撲面而來，攝影師阿良說，氣溫是攝氏五度，這對六月天是夏天的臺灣人而言，實在很難想像。我們列隊入關，卻遭到意想不到的待遇，除了兩位團員順利通過簽證檢查處，包括我與果醒法師、導演、攝影師阿峰四人，全被留置下來，空等了兩個半小時，才「獲釋」通行；我們四人準備下樓領取行李，才發現早我們通過的總策劃淑渟、攝影師阿良，如孤兒一般，在冷清空曠且無人的行李大廳，獨守著我們的一大堆行李。

拖著行李出關後，焦心焦慮在入境室等候我們的當地無極門負責人常德（Lena）與她的夫婿寬行菩薩，還有口譯 Maxin 一湧而上，給了我們鼓勵的擁抱；我們雖然受了一場虛驚，但是處在狀況外的他們，肯定更是緊張難熬啊。等到上了車子，常德菩薩才鬆口道，他們真的非常擔心我們出了什麼事，幸虧佛菩薩保佑，讓我們平安入境。

六月三日一早，常德菩薩夫婦開了一輛車，名叫亞歷山大的另一位女眾，也開來了一部車，載運我們前往禪二的場地（我這才知道，在俄羅斯，原來亞歷山大與莎夏的名字，皆是男女通用）。

我非常慶幸此行有果醒法師同行，無論遇見任何人任何事，果醒法師都喜悅著一張臉，不見任何不豫之色，哪怕是被阻攔在機場，禪修當天早上口譯臨時缺席，乃至身體有些不適，果醒法師就是在大海中漂泊輪船上，鎮定人心的那個鐵錨，他真的不愧為聖嚴師父的得意弟子之一。

無極門的創辦人亞歷山大，於一九九八年，師父離開聖彼得堡後，也跟著搬到莫斯科，聖彼得堡的業務，就交給常德菩薩負責。常德菩薩學習過一些中文，偶爾會蹦出幾句中文單字。

這趟抵達聖彼得堡，首要之事就是果醒法師所主持的禪二。位於聖彼得堡基諾夫區的無極門，便是此次的禪修道場。無極門安置在典型的北方建築面街的一個單元，那是一大片口字型的社區，內院有公園以及各個公寓的入口處，像是居民的主要生活空間；面街的除了店面，就是公司。

推開一扇大鐵門，上了台階，就是無極門的木門，門楣與兩旁居然貼有常德菩薩書寫的春聯：兩旁是「萬事順利」、「幸福美滿」，上聯是「福壽安康」，我當場驚訝到合不攏嘴。慢慢的，參加禪修的禪眾陸續進來，他們各自帶著自己打坐的蒲團與蓆墊，我算了一下，四十九位，男女都有，年輕人居大宗。等到過午休息時，也發現很多食物、水果、甜點都是他們自己帶來的。禪眾對我們非常友善，主動幫我們盛熱湯，夾取食物，還有飲料。

六月四日是雨天，氣溫又再降低，寒風刮起，實在無法想像，這是北國的六月天。也因而聯想，京劇中的「六月雪」，確實有它的可靠性。

打坐前，我將僧團託我轉交的師父法照與墨寶，送給常德菩薩，她十分欣喜，直說太珍貴了，她們一定會好好的保存。果醒法師在禪修兩天中，由一位專程由莫斯科趕來的易福成教授擔任翻譯。易教授服務於莫斯科的孔子學院，無論是中文乃至佛學的造詣，都令人讚嘆。

禪修圓滿後，禪眾也都能在果醒法師的引導下，踴躍發言，闡述自己在禪修過程的收穫與體驗。

二〇二三年六月五至六日：走訪舊皇宮與夏宮

這天的天氣晴朗，太陽和煦暖和，我們前往師父一九九八年帶領禪五的舊皇宮度假中心。二十五年的寒暑更替，此一具有歷史性的園區，也由昔日的自由進出，改為需要購買門票的觀光區。當年有些破敗的建築物，此刻正進行著整修油漆的工作，猶如重生的新人，在陽光下熠熠生輝。在此地憶往師父當年身影的同時，也得知當時為師父擔任英翻俄文翻譯的聖彼得堡大學東亞系副教授的鮑夫爾·格魯克夫斯基已於二〇一八年往生。

當天下午又趕往聖彼得堡夙負盛名的夏宮取景。當年與師父在該處參觀時，就聽說彼得大帝為了看海，以及呼吸新鮮空氣，硬是在瀕臨波羅的海的此處，建造出如此富麗堂皇的夏宮。如今，夏宮在驕陽的輔助下，四處噴灑水花的噴泉還是極有生氣，建築物的塔尖與外表也依然光彩，但是彼得大帝如今安在？夏宮某些陽光照不到的陰暗處所藏不住的腐朽痕跡，又在呢喃著什麼樣的喟嘆與無奈？

六月六日上午去回顧師父曾經演講的藏傳寺院，隨後，常德菩薩一行好心領著我們去一家聽說很有名氣的中餐廳過午。主人一片好心，想像我們一定會想念家鄉的味道；等到點的菜陸續上桌，看到主人非常享受面前的餐點，我只能默默地把清一色全是醬油，除了鹹就是鹹的菜餚全都掃進肚裡。

我同時在想，如果他們有機會到臺灣法鼓山上一嚐可口、清爽的齋飯素菜，或許會感動到流淚的程度吧？

隔日，我們天未亮，清晨三點三十分就起床，準備去聖彼得堡火車站，搭乘第一班火車，前往俄羅斯的首都莫斯科。

1

2

2003 年聖嚴師父在莫斯科州克林鎮主持七天禪修活動與禪眾合影。（資料來源：《人生》雜誌）

聖嚴師父在皇宮庭園中帶領禪眾經行。（資料來源：《人生》雜誌）

亞歷山大的承諾

二〇二三年六月七日：前往莫斯科

凌晨三點三十分起床，四點十五分退房出發，接送我們去火車站的中巴已到，當然，常德、演行菩薩也掛著一臉微笑，跟我們道早安。

常德與演行還真是絕配。常德或許是練武的原因，雙眼炯炯有神，說話不囉唆，俐落而到位；另一半的先生演行菩薩，永遠靦腆著一張厚道的面孔，眼神經常在常德菩薩身上游移，彷彿隨時會自太座處收到任何的暗示與明示。演行菩薩說，他最是記得師父的微笑，如果有機會再見到師父，他一定要將微笑供養師父。常德菩薩則真誠地表示，師父一九九八年的到訪與禪五，影響了她的一生，原來禪修正如師父所說，可以如此利益眾生；這一回，果醒法師難得又來弘法，傳承師父的悲願，她太激動，覺得每一分鐘每一刻都十足珍貴。

他倆陪同我們走進名為「莫斯科車站」的聖彼得堡車站，站內燈火昏暗，能夠坐下的地方，全被早到的旅客或坐或躺給占據，我們只好站著等候，反正後面還有一大段時間得坐著。好不容易，捱到可以上火車的時刻，我們沒有實體車票，常德菩薩是先幫我們預訂好，據說一般都是一票難求。我們要將護照號碼告知守在車門的車長，他對照了手中的平板電腦，然後告知我們的座位號碼。等到都入座了，常德、演行菩薩才依依不捨的下車，與我們告別；不過，我們過兩天還會在莫斯科再見，因為他倆要繼續跟隨果醒法師學習禪座。

火車開動後，我們開始享用早餐，這才發現，不但飯店備有每人一份的餐點，常德菩薩自己手做了三明治，車上也送來了早餐，這麼多的食物，如果不解決，將都成了額外的行李，於是就開始猛吃，只因坐著，不知已吃撐了，等到站起來上洗手間，才知道整個肚子已經像是下垂的西瓜，分量十足。

五小時三十五分鐘後，我們的列車總算抵達了莫斯科車站，才下月台，二十年未見的亞歷山大（常專菩薩）與妻子莎夏（演祥菩薩）、翻譯蘇非亞都開心的迎上前來。當年那個無極門領航人亞歷山大，雖然輪廓沒變，但也難掩歲月風霜在他臉上、身上的無情附鑿。雖然有蘇非亞幫忙翻譯，但是也在學習中文的莎夏，還是不時的努力說出中文來，表達了她無限的歡迎與欣喜。只不過，莫斯科漫天飛舞的柳絮，像是有生命的蜂蟲，自四面八方直逼眼前，惹人噴噓不斷，這還真是別出心裁的迎賓模式啊！

將行李送進飯店，前往中餐廳吃完中餐後，我們立即前往紅場開工。二〇〇三年五月六日至十六日之間，師父應無極門的邀請，在Sars開始肆虐的緊張氛圍中，抵達莫斯科。當年，我們曾被隔離在一所韓國寺院兩天，直到開封當晚，師父才領著我們到紅場的周邊走了一下，為了安全起見，很快就離開了。這次再訪舊地，我們還是很機警，不願引起紅場遍地都有的便衣警察注目，無論是串場或拍攝，都在打帶跑的策略下快速結束。

二〇二三年六月八日：神父也來聽佛法

師父二〇〇三年到訪時，曾由亞歷山大安排，在莫斯科前商業大樓舉行了一場「禪修與生活」的演講，並由世界宗教理事會出面，參訪俄國東正教最高機構所在的丹尼洛夫修道院（Danilov Monastery），並與東正教、伊斯蘭教、佛教等宗教領袖會晤，商討日後在莫斯科召開世界宗教理事會的相關事項。

是日，我們先是前往丹尼洛夫修道院拍攝，負責對外關係的基瑞爾神父（Kirill Hieromonk）親自接待我們。這位年輕高帥的神父，可以說一些中文，一問之下，才知道他曾在臺灣的輔仁大學留學過。

中午前往師父當年掛過單的韓國寺院達摩寺，並過午。二〇〇三年曾經跟隨師父參禪的男眾列格（Igor Valuer）說，他至今依然以師父教導的默照與話頭修行：女眾艾琳娜（Elena Pinchevskaya）則是滿眼蓄著淚水，訴說著師父的禪修指導，是如何的讓她找到了修行的方向。在那裡，非常安靜的幾位禪眾，為我們準備了豐富的中餐，也讓我再次體會到俄羅斯人熱枕的待客之道。

聽說果醒法師到了莫斯科，莎夏非常興奮卻也緊張的跑來問我，許多信眾們要求，希望果醒法師當晚可以臨時有一個小型的演講，請我幫忙傳遞此一請求給果醒法師，法師當然是滿口答應。當晚，在一間中式茶館，竟然湧進了近四十位的聽眾，將茶館擠得水泄不通；莎夏告訴我，果醒法師在網路上組有一針對俄羅斯信眾的聽經小組，不時會有共修。最令我驚訝的是，基瑞爾神父居然也趕到了，擔任翻譯的仍是專程去過聖彼得堡的易福成教授。果醒法師請出了隨身攜帶的布袋戲布偶，深入淺出地將佛法做了生動的比喻，造成現場雷動不斷的笑聲。

二〇二三年六月九日：師父啟動的書法修習

師父是在二〇〇三年六月九日至十六日，在莫斯科州克林鎮（Vysokoye Klim）由古皇宮舊址所改建的鄉村旅社主持七天的禪修活動。萬萬沒有想到，二十年後的同一天，我們團隊居然再次抵達該處，無論是飯店的樓梯、禪堂、餐廳，都有師父曾經留下的身影。

當年就曾在該旅社服務的一位俄羅斯大媽，領著我們去看一間師父當年住宿的寮房，我拚命搖頭，與我的記憶有很大的差距，雖然整體環境都明顯的整修過。那位大媽見我拚命搖頭，只好承認，師父當初居住的寮房此刻有人，不便打擾。於是我們又轉往廚房。當時我已經在為師父準備午、晚餐，語言不通的大媽們對我非常照顧，總能猜出我需要的是什麼廚具，還在禪修結束時送我禮物。

可愛的攝影師阿良，當場找到師父與廚師大媽們當年的合照，陪同的大媽大為驚喜，大聲吆喝正在廚房忙碌的另一位曾一同服務過我們的廚師出來，這一下氣氛完全翻轉，大家都開心的再次列隊，拍起紀念照。雖然餐廳、廚房都已改造，就連當年師父帶領信眾經行的小湖都成了小池塘，唯一沒變的是餐廳外圍的樓梯，還是水泥崩壞，鋼筋外露的模樣，這下團隊都開始相信，我當年形容此處有「鬼屋」狀態的突兀之言，不是無的放矢了。

拍完照後，我們搭車，行駛約三十分鐘後，去到亞歷山大與莎夏的家；莎夏的車領在我們前面，他那兩位剛入學的雙胞胎兒子，不斷把雙手伸出車外，可是開心極了。

亞歷山大的住家有很大的庭院，房子建得四方牢固，無論正門與側門都有他書寫的中式春聯。主人先是要我們入座，端出豐盛的俄式中餐，美味的蔬食真合我們的胃口，飯後就是訪問。亞歷山大帶領我們到他的書房，很大的書桌，文房四寶具足，許多宣紙或是寫了字，或是白卷，布滿桌上，充滿了墨香。

亞歷山大一提起師父，就不再沈默害羞，他說，一九九八年，在聖彼得堡，師父應了他的請求，當場揮筆，賜予了「禪心」的墨寶；師父在運筆的過程中，讓他見識到師父筆鋒的力道與韌性，讓他至為震撼，當場發願，他也要學習中國的書法。他也永遠記得，師父對他非常期待，鼓勵他在俄羅斯成立禪修社團，可以將師父教導的禪法，傳播給更多的人，他當場就答應了。而後，就在他實踐對師父的承諾時，也才發現，需要面對想像不到的難關與考驗；他很慚愧的說，多年過去，他辜負了師父對他的期望。我立刻安慰他，無論是聖彼得堡，或是莫斯科，還是有一群人在學習漢傳禪佛法不說，疫情期間，他也在網路上通過書法的教授，等於還是間接的將佛法傳遞了出去，這也是無法否認的事實啊！

告辭前，換成亞歷山大留下書法給我們了。亞歷山大沒有讓我們失望，連續寫了「佛～禪心」以及「他的身影」兩幅字，只不過，他一直搖著頭，說是沒寫好；等到十二日，來接迎我們去機場時，他又拿了一個捲筒，裡面是他重新寫過的字；亞歷山大求好心切的個性，果然再次顯露了出來。

二〇二三年六月十日至十二日：禪修身影動人

連續兩天，果醒法師在亞歷山大於無極門道場的樓上所租借的空間，帶領了禪修。看到四、五十位禪眾，專心一意的打坐、經行、運動，甚至於念佛，他們認真的身影，就像是一株株深入土壤的樹苗，直挺挺的不偏不倚，真是令人動容。我偶爾望向窗外，湛藍的天空，已經鮮有柳絮飛舞，只見白色的雲朵舒卷著，也在做著瑜伽似的。

六月十二日，道別的日子來臨。

前往機場的路上，我還是有些忐忑，想起前兩天，我們的司機一直跑錯路，翻譯的蘇非亞低聲跟我說，因為戰爭，俄羅斯的領導對於無人機的攻擊十分警覺，因此日常的谷歌系統，會有不明所以的誤導出現；她還跟我說，烏克蘭的基輔有她非常要好的朋

1 在夏宮前與接待我們的常德與演行菩薩合影。

2 果醒法師在亞歷山大於無極門道場的空間，帶領禪修。

3 團隊在夏宮的花園內合影留念。

4 亞歷山大寫了「佛～禪心」以及「他的身影」兩幅字送給我們。

友，以往，同文同種的好友隨時可以相會，如今只能隔兩天就要問候對方，是否平安無礙？蘇非亞低語訴說時，還忍不住地去擦拭眼淚。

幸好機場的方向明確，車子順利的將我們一行都平安的送達機場，亞歷山大與莎夏堅持要陪同我們到進關後，才會離去。

這一別，不知什麼時候還能再見。等到在機場吃完中餐，我們準備進關了，我跟亞歷山大說，雖然只是相處了幾天，但已發現，他們一家已將師父教導的禪法運用在日常生活中，此一不見痕跡的承諾，委實令我佩服。

飛機升空後，我由窗口看到地上的莫斯科，心中感受極多極雜；不知道下一回是何年何月，才會有機會再次造訪這個複雜的國家以及良善的人民？

如今，距離二〇二三年的俄羅斯之行，又過了一年有餘。我偶然得知果醒法師於二〇二四年初夏，再次去了聖彼得堡與莫斯科帶領禪修活動。由此可見，聖嚴師父當年辛勤地在俄羅斯栽下的漢傳禪佛教的幼苗，真的是一年又一年地在抽高、茁壯；此刻回望，尋師身影，真的絕對不是夢，我們不都如實地記錄下來了嗎？

「一期人生的終點，不是淒美的結果，
乃是光明無盡的继續延伸。」
——聖嚴師父

11 美洲

2001.10 ｜墨西哥玉海禪堂
2004.01 ｜紐約、新澤西、洛杉磯、舊金山

又見忙碌的蘿拉

一想到又要乘坐長途飛機外加長程移動（臺北↓美國舊金山↓墨西哥中部的ＰＶＲ巴雅爾塔港↓兩小時的車輛移動），多少還是會有點倦懶，但既然重任在身，當然要將個人微波蕩漾的情緒給全數打包，拋到腦後。

決定墨西哥的拍攝之行，首先要與紐約象岡的果元法師連上線才行。二〇〇一年十月，是聖嚴師父第一次，也是唯一一次前往墨西哥弘法；當時，果元法師隨行，在禪堂中照顧禪眾，責任重大。而後，果元法師承繼了師父傳播漢傳禪法種子的大任，連續多年，由紐約飛去墨西哥，前往那亞里特州（Nayarit State）茶卡拉海灣（Chacala Bay），應彼處玉海禪堂的負責人蘿拉（Laura Del Valle）之邀，帶領禪修活動。因此，《他的身影2》團隊既然要去墨西哥尋訪師父的足跡，如果有果元法師同行，意義自是不同。

果元法師非常爽快的同意不說，還主動協助拍攝團隊，與蘿拉聯繫，替我們節省了許多時間，也才能在有限的時間裡，順利拍板所有禪修與拍攝的行程。

或許是太久不曾再去墨西哥，等到團隊要申請簽證時，才自旅行社處得知，墨西哥是少數對中華民國護照極不友善的國度；果不其然，不但每天限定申辦簽證的人數，面談時也受到刻意刁難、要求補件等對待。好在我們團隊雖然都很緊張，但沒有任何對峙的心態，最終才能順利拿到簽證，而且沒有影響到預定的日程。

二〇二三年二月一日：墨西哥的夕陽

這一天，我們搭乘中午的班機，飛行了十二個小時，要先辦理美國的入境手續，等到領到行李，再次於轉機閘口托運，才能續航下一個目的地。

當天下午兩點半，總算抵達了巴雅爾塔港機場。人說墨西哥是美國人的後花園，果然，我們下機後，才排上入關的隊伍，忽然之間，又有好幾班來自美國其他起點的航班落地，人潮自不大的機場各個通道，乍然湧入。我有點興奮，猜想，果元法師與演無法師的飛機是由洛杉磯起飛，說不定可以在機場碰頭。我踮著腳尖，不斷張望，然後，竟在一斜坡處，見到兩位法師真的隨著旅客群出現了；我拚命揮手，但人潮壅塞，要想讓兩位法師看到我揮動的手，真的不易；就在那一頭的隊伍急速向前推動，一個小轉彎處，演無法師的眼光忽然投射到我們這一邊，我趕緊再次揮手，演無法師這下看到了！

果元法師也隨著演無法師，遠遠地對著我們團隊揮起手來。

就在團隊沒有任何障礙地出了關，果元法師恰好也過了另一個窗口，笑臉迎著我們而來，演無法師也緊隨其後，我們就如此歡喜地在機場殊途同至了。

在機場大廳等候我們的是法名為「演道」的司機菩薩，他是蘿拉派出來的運匠，一如墨西哥人的熱情與好客，歡天喜地的幫忙我們將行李拖到停車場；為了節省時間，我們團隊立刻開機，就在停車場拍攝起《他的身影2》墨西哥篇的小開場。

自機場到玉海禪堂，需要駛過山路、濱海以及無數村莊；車輛很多，雖然有幾段塞車，但幸好沒有大礙，兩個小時後，終於平安的抵達玉海禪堂。玉海，其實就是蘿拉經營的一個海邊度假中心，二十二年過去，我發現山坡上的度假樓房多出了許多，當然，當年師父到訪時的禪堂依舊還在。

我們下車處，就是沒有圍牆，緊鄰著海灣沙灘的度假大廳入口；先行下車的我，認出了在櫃檯前忙碌的蘿拉，就主動與她打招呼；蘿拉先是一愣，不但立即給了我一個熱情的擁抱，還向我道歉，說是真慚愧，沒有先留意到我們已經抵達了。蘿拉領著團隊，分別將行李運送到房間後，就招呼我們去大廳享用晚餐。

夕陽於此時在落日線上緩緩西沈，西天層次分明的彩雲，由深紅、桃紅到橘紅、粉紅，像是傍著舞台上高歌巨星的舞群，將大自然的華美妝點到令人不敢呼吸的程度。對於此景，師父形容得更是貼切深刻：「海岸邊所見落日的景象，真是美到了極點，當那大蛋黃似的太陽，接近海平面時，如果正有點點漁舟及成隊的雁群，越過落日之前的畫面，既能使人生起一種臨終回顧的感受，又能使人嚮往佛菩薩的悲願，覺得那才是最美好的歸宿處；一期人生的終點，不是淒美的結果，乃是光明無盡的繼續延伸。」

面對美景，我只是失神了剎那間而已，因為，空了許久的飯袋早就在抗議了。這一路，真把我們六個人餓壞了，只因在舊金山機場轉機時，沒有充分的時間覓食，以為上機後肯定會有餐點招待，萬萬沒有想到，美國飛往墨西哥的航班，如同美國的國內線，途中只給了一次飲水與咖啡，其他餐食一概沒有。

吃完晚餐，大家各自回房休息；我們房間的熱水缺如，隔壁的果元法師要我過去洗澡，想想算了，兩位法師一樣很累啊；乾脆，顧不及洗澡，只是胡亂洗把臉、洗個腳，刷個牙，便直不攏統地躺在床上，立馬人事不知，昏沉睡去。

二〇二三年二月二日：蘿拉依舊在

蘿拉是位精力充沛的修行人，學醫出身的她，具有悲天憫人的胸懷；年幼時，父母離婚，母親與外婆領著她去美國讀書、居住，讓她知道外面的世界有多大，也在接觸宗教後，選擇了佛教的禪學；早於一九九三年，就飛到紐約的東初禪寺，跟隨師父修習禪法。她也多次邀請師父到墨西哥弘法，只是因緣一直不具足；直到一九九八年，她不氣餒的拿著玉海禪堂的照片給師父看，師父終於答應一九九九年一定會撥出時間前往，偏偏是年又遇到健康的問題而作罷，等到二〇〇一年，師父終於成行，才滿了蘿拉多年的心願。

師父在《真正大好年》一書中，曾經如此來形容蘿拉：「蘿拉是墨西哥人之中的異數，她是整天、整月、整年忙個不停。蘿拉除了發願要在墨西哥弘揚中國的禪法，希望把玉海開闢成為人間淨土的佛教修行園區外，近年她還在附近建立了一個大農場，因為蘿拉看到當地人的落後與無助，她決定要拯救貧窮。」

蘿拉在墨西哥的家鄉見過太多不公不義的事，她甚至為了救援受虐婦女而受到對方的騷擾與威脅。有一回禪修進行小參時，蘿拉非常氣憤地拍了桌子跟師父說，她在打坐時，腦子裡全是那些令她氣憤填膺的事，無法放鬆；師父聽完後，只慈悲地跟她說了句：「這真是艱難的事。」頓時，像是有一道光衝破了她的我執，蘿拉回憶道，當她步出小參室時，彷彿滿地開滿了鮮花，她找到了破除我執的方法，歡喜已極。

隔天上午，吃完美味豐富的早飯後，蘿拉已備好車，帶著我們前進她這些年努力經營，也就是師父提到的社會企業——玉之道農場。

車輛經過一個市鎮，轉到另一鄉間村落的小道，我們來到了蘿拉一心想要讓該地的居民脫離貧窮的愛心園地。不過，參觀園區之前，果元法師請蘿拉先帶我們去看看正在整理中的第一棟建築的三樓，那是即將要舉行禪二的臨時禪堂。我們登上放有雜物的樓梯，只見工人與義工們進出穿梭著，地板正在鋪設，窗戶正在裝框，建設的垃圾隨處可見，我倒吸了一口冷氣，心想，這個大工地真能在兩天內收拾得好？成為容納數十人的禪堂嗎？

精彩的墨西哥之行，自此拉開序幕。

1

蘿拉打造的玉之道農場中的臨時禪堂。

1

2

1. 2001 年聖嚴師父初次出訪墨西哥，在玉海禪堂帶領禪修。（資料來源：《人生》雜誌）

2. 2001 年聖嚴師父在玉海禪堂前留影。（資料來源：《人生》雜誌）

我們都將再次回來

二〇〇一年，師父到玉海禪堂帶領禪七活動，有六十幾位的禪眾參加。這趟我們再來玉海，果元法師要帶領禪二，但是禪修的地點在玉之道農場，與玉海舊禪堂有一段距離；如果要再現當年果元法師領著禪眾在沙灘上經行的畫面，就必須動用一批玉海的臨時演員上場。

二〇二三年二月三日：重現沙灘上經行畫面

對於玉海的大家長蘿拉來說，這就是小事一樁了，等到我們預定的拍攝時間一到，由玉海的院落、餐廳、樹林等各地陸續出現了一、二十位支援的菩薩們，他們肯定都有禪修的經行經驗，都是聽從蘿拉的差遣而來；等到果元法師在沙灘上領著頭，緩慢地踏出腳步，隨後經行的禪眾就魚貫成一直線，非常有默契的一步一腳印，如實如法地攝心而行，等到導演喊卡，我自攝影師阿良攜帶的隨行螢幕上，看到空拍機拍攝的俯照鏡頭，非常強烈且瑰麗有力，就連雞皮疙瘩都豎了起來。

接著下來，我們要拍攝玉海的禪堂與其他設施，當然也包括了師父當年住宿的寮房。只因蘿拉太忙，大半的時間都在農場盯著臨時禪堂的整理進度，經常是很晚了，才看到她疲倦的回來；蘿拉說，她已安排工作人員領著我們去拍攝。

這天，好不容易，房客退房了，我們趕緊進去：一旦進入，我就覺得有些違和感，畢竟當年我已經開始替師父料理中餐與晚餐，我所熟悉的動線，好像都不見了；導演安慰我道，二十年都過去了，師父當年的房間有所修改也是可以理解的。唯一不同的是浪濤衝上岸邊的聲音，嘩～嘩得非常大聲，與記憶中的聲響無誤。我依稀記得，為師父料理第一餐時，對浪濤聲之大，很是驚奇，就詢問師父，一到夜晚，肯定更大聲，會影響師父的睡眠嗎？師父笑著說「會呀！一夜都在作夢，夢到一九四九年自上海到臺灣的船上，船在搖，浪在打，沒完沒了。」等到第二天，我建議師父另換房間，師父說，沒問題，浪濤聲已成了有韻律的催眠曲，師父與它和平共存，睡得很好，沒有問題。

師父寮房的公案，直到我們準備離去的前夕，蘿拉提前回來，才揭開正確答案；原來員工弄錯了，果元法師和演無法師此次住宿的寮房，正是師父當年的同一間，只不過後來加蓋出客廳與另一間套房，也就是我與導演的房間；剎那間，我們笑成了一堆，真是慶幸沒有一錯錯到底。

下午也單訪果元法師。果元法師當初是由加拿大的多倫多到紐約的東初禪寺，跟隨師父學禪，繼而出家；師父多年來在西方世界行腳，果元法師是師父非常倚重的出家弟子，除了作為師父的助手，有時候也要兼任師父的侍者，為師父準備早餐。二〇〇一年的墨西哥之行，師父知道果元法師的工作繁重，也念在我要為師父準備中、晚餐，就要我們都不用為他老人家的早餐張羅，師父自理。

果元法師的水缽禪甚受好評；禪眾雙手托著裝滿水的缽，專注地一步步的經行，不讓缽中的水潑出來，成為禪修期間，受到歡迎的修行方式之一。果元法師在玉海禪堂的廊道，受訪時被問道：「有什麼話想跟師父說的？」只見果元法師沈思片刻，目光炯炯有神地說：「希望下輩子可以早點遇見師父，早點出家。」這個答案讓我深刻難忘。

二〇二三年二月四日：敬佩塵世裡的菩薩

上午七點半，我們就整隊出發，前往玉之道農場的禪堂，禪二活動正式開始。正要準備上樓，我就覺得不一樣了，不但樓梯間打掃得非常乾淨，臨時禪堂的裡裡外外，也因細緻的布置與整理，成為莊嚴的道場，此時，果元法師的一句話在我耳邊響起；「長方形的禪堂，雖然有點歪，不工整，但是蘿拉與義工們一絲不苟的認真態度，造就了整體的完美氣氛」。

趁著空檔，我們也在蘿拉的帶領下，參觀了農場的設施。蘿拉說，人世間最重大的疾病就是「貧窮」，因此，蘿拉在玉之道農場裡，專門收容失業、待業、失學的年輕人。女生有專門的縫紉教室，教導她們縫製衣服、被單，然後供給到各個飯店；男生有木工教室，學習各種木工的手藝；廚房有烹飪教室，雞舍有孵化工場、飼養區；農場有蔬果的種植，就連楊桃樹都有，都能因材施教，針對不同根器的年輕人，做各別訓練，只要一年的表現不壞，就會留用。

我們眾人到玉海打擾，必然增添了蘿拉的負擔，包一個紅包給蘿拉，是當然的禮尚往來；蘿拉太客氣，不停向我道謝，說是這筆錢剛好可以發給農場學員們獎金，讓他們能更為認真的學習工作。下午，我們又轉往蘿拉創辦的一所學校參觀，由學齡前的孩子，到小學、初中、高中，讓我們見到學校裡孩子們彬彬有禮、認真學習的態度不說，甚至還在教室裡跟著老師的指揮，親眼目睹海灣裡翻起浪花的鯨魚，一艘賞鯨船則慢慢地跟著鯨魚行駛著；當下，我對蘿拉升起了湧湧而生的敬意，她真的是位塵世裡的菩薩，一心一意地藉由度假聖地的經營，讓居民有工作可做，盈餘還用來辦教育，這是需要多大的毅力與決心才能承擔得下來啊！

回到玉海禪堂，我因一時不慎，摔了一大跤，幸好花圃中有一大叢植物接住了翻滾而下的我，沒有傷到筋骨，只是手肘與膝蓋破皮流血而已；這一個小意外，增強了我的危機意識，我一再提醒自己，一定要把自己的身心照顧好，千萬不可再添亂，萬一影響了團隊作業就麻煩大了。

二〇二三年二月五日：一輩子不會忘記的喜悅

這一天完全都守在玉海禪堂。我們拍攝了禪眾打坐、經行、瑜伽等各種課程，發現在場的四、五十位禪眾都非常認真，哪怕是中午過堂，每個人都沈默地面對自己眼前的食物，沒有交談，沒有左顧右盼。等到下午最後一支香打坐完畢，開始心得分享時，更是見到每個人都喜悅地爭相舉手，有的人說完，引起全場的哄堂大笑；有的人說著說著，開始哽咽，那是某種與心靈契合的感動，在場的人似乎都能懂得。蘿拉與女兒安潔拉分別擔任英文翻西班牙文的口譯（果元法師是以英文開示）的同時，還要隨時處理一些雜事。

整個活動結束後，蘿拉的女兒安潔拉、女婿、外孫、外孫女都接受了我們的訪問，

1 果元法師（左1）帶領禪眾重現沙灘上經行畫面。

2 蘿拉與禪眾一同打坐、經行、瑜伽活動。

3 蘿拉的女兒安潔拉、女婿、外孫、外孫女都是佛教徒，接受團隊的訪問。

他們都是佛教徒。安潔拉回憶二〇〇一年，聖嚴師父到訪時，當年的她只有十四歲，幫著蘿拉打理許多禪修場地的事物。她說，哪怕是師父沒有說話，但是師父身上就是透有一種令人心安的慈悲與智慧的光彩，那是一輩子不會忘記的喜悅。

晚上才剛回到住宿的房間，蘿拉竟然提著醫藥箱來敲門，她親自幫我的傷口消毒、抹藥、包紮的同時，還不住的向我道歉，說是沒有把我照顧好；瞬間，我像是回到十歲的小孩兒，受到如此溫柔的照顧，真是榮寵加身，幾幾乎都有點泫然欲泣了。

二〇二三年二月六日：再見啦！蘿拉！

雖然是二月六日下午一點五十五分飛往休斯頓的飛機，然後再轉紐約，但是果元法師還是擔心路上堵車，畢竟雙線道的山路，只要一有小事故，就會嚴重阻塞，建議我們還是上午八點就準時出發，奔向機場，以圖順利。蘿拉當然也就忙前忙後的替我們打包早餐，追加美式咖啡、拿鐵、紅茶；等到東西都放上車了，又拉著我們去小賣部，堅持送給我們每人一份禮物，並要我們自行挑選，然後才依依不捨的與我們擁抱告別。其實我有一句祝福的話，始終來不及跟蘿拉說：「等到玉之道農場規畫已久的正式禪堂蓋好後，我們一定都會回來！」

尋師身影的豐美果實

一九九四年初夏，我在華視製作《點燈》節目，有幸與聖嚴師父結緣；隔年一九九五，進一步成為師父的座下弟子。該年五月底，我飛到紐約，在當地的傳播公司物色了兩位攝影師，六月二日上午第一次走進東初禪寺的大門，向聖嚴師父報到；隔日凌晨與師父、果元法師搭乘飛機，前往英國威爾斯弘法；這也是我跟隨師父，開始拍攝記錄師父四海弘法的初始。而那次的行程，事後剪輯出的紀錄片就是《四海慈悲行》。

我進出紐約的次數早已超過一、二十次，除了少數是跟著師父弘化歐美，路經紐約；絕大部分都是到紐約記錄師父帶領禪修的開示、參加聯合國會議、對外演講⋯⋯等諸多活動。師父圓寂三週年時，我與團隊以師父在北美弘化的步履做為經緯，加上數度在中國大陸的弘化、講學、演說，蔚成枝幹，製作了十四集的《他的身影》影集。

就在師父圓寂十五週年的前一年——二〇二二年，製作《他的身影2》紀錄影集的因緣成熟，經過三個多月的籌備，八月中旬開拍；縱然疫情的威脅未消，團隊一路上縱有小波折，但卻沒有大障礙。時至二〇二三年的六月中旬，大致走遍了師父曾經行經的歐洲、東南亞、澳洲、中美、日本等地。《他的身影2》影集，預定製作十四集，並以北美的紐約做為最後一集的原點，將師父由東方傳法至西方的足跡做次系統性的歸納。

二〇二三年二月六日至三月十五日：再訪紐約等地

二〇二三年的二月六日，結束了墨西哥的拍攝後，我們團隊跟隨著果元法師，再次踏上了紐約的土地。

依照原定計畫，這一次的北美之行，除了記錄東初禪寺的擴建現況、象岡的禪修活動、新澤西道場的面貌；然後飛往洛杉磯、舊金山，繼續拍攝兩地道場，並訪問師父的法子吉伯．古帝亞茲（Gilbert Gutierrez）。團隊於二月二十日由舊金山飛返臺北後，我個人則開始由舊金山、西雅圖，到溫哥華，與當地的菩薩們分享我書寫的新書《度～聖嚴師父指引的33條人生大道》，並在溫哥華訪問了加拿大道場、西雅圖、以及歐洲共修處的輔導師常悟法師。因為這三處道場都希望在週末舉行分享會，是故，我一路北上，直到三月十五日才搭機返回臺北，結束這一個多月的行程。

師父是於一九七五年的十二月十日，在日本取得立正大學博士學位後，由出版論文的東京山喜房佛書林老闆淺地康平，以及中、日、韓多位好友送行，自東京的羽田機場飛到美國在太平洋的門戶——舊金山，智海法師來接機，並拜會了宣化法師等僧人。

師父在《金山有礦》一書中曾有記載：「我在一九七五年從日本到美國的第一站，便是舊金山，又名三藩市，那是由於沈家楨先生的建議，讓我先到美國西部，認識幾位中國法師，當時要我見的是度輪、智海、妙境法師，他們是到美國本土弘法的拓荒者」。

六天後，再次出發，飛到紐約，仁俊長老、日常、樂渡、妙峰、淨海等法師來迎；自此拉開了師父在西方世界弘法的序幕。雖然歷經了數年的漂泊與顛沛，仍於一九七九年五月，在紐約皇后區林邊租屋，成立了禪中心；一九八一年的五月十五日，正式於可樂那大道邊上，建造了東初禪寺。

東初禪寺的現址，歷經四十年的使用，一來房齡已老舊，需要整理改修，二來空間不夠使用，無法接引更多的信眾，因此，現任住持常華法師開始規畫，並陸續購買鄰近的住屋，做整體性的改建；無奈工程向公部門報備的過程曠日費時，外加疫情以及其他因素的種種影響，歷經數年都處在工程延宕的情況。《他的身影2》團隊於二月六日抵達紐約後，首要到訪的當然就是東初禪寺。常華法師非常歡喜地表示，總算接到來自公部門的好消息，東初禪寺擴建的計畫終於又可以繼續向前推進，如果一切順利，希望在二〇二五年的年初，就可以迎接東初禪寺新面貌的誕生。

結束東初道場的拍攝工作後，我們立即轉往位於紐約上州的象岡道場，這是聖嚴師父購於一九九九年，距離紐約市區駕車約兩小時的矮松林（Pine Bush），原為天主教女青年會的夏令營營地。經過多年的經營，除了禪堂外，也有提供給禪眾住宿的寮房，是個風景優美，空氣良好，靜謐安和的理想禪修處。

適巧，我們抵達的那個週末，果元法師要帶領一個禪二活動。或許是疫情的威脅已經消弭，人們更是察覺心靈安定的重要，有六十多位，幾乎都是西方年輕人來報名禪修。果元法師以英語做全程的開示與教導，導引他們呼吸、打坐、瑜伽、經行等修行方法，希望讓禪修者順利尋到心的方向。果元法師也正在計畫於紐約市中心的曼哈頓，覓得合適的場地作為禪修教室，冀圖就近接引更多的都會人士，走進禪修教室，習得漢傳禪佛法的利益，安頓好不安焦慮的身心世界。

下一站是新澤西州道場。新澤西州與紐約市僅隔著一條哈德遜河，自東初禪寺駕車過去，只要一個半小時。二〇〇二年，李果嵩菩薩發心成立共修處，聖嚴師父也親自前往主持灑淨。二〇一六年五月，新澤西州的菩薩們同心同願的建造了正式的道場。大紐約地區自此結成了東初禪寺、象岡、新澤西州三角並立的宣揚漢傳禪佛教的網絡重鎮。

東岸的拍攝工作告一段落後，我們團隊片刻沒有耽誤的轉到西岸的洛杉磯。洛杉磯的信眾們眾志成城，於二〇一二年，在El Monte市的北邊，購入一座老式教堂，正式成立了法鼓山的洛杉磯道場。輔導師常悅法師代表所有的法師與菩薩們，歡迎我們的抵達，並安排團隊住進道場的寮房。我們在洛杉磯另有一重要安排，就是拍攝師父的法子吉伯．古帝亞茲（Gilbert Gutierrez），在道場以「你所知道與不知道的聖嚴師父」為主題，進行一場對外的公開專題演講，果然引起到場菩薩們的熱烈迴響。

團隊緊接著又搭機飛到舊金山。法鼓山的舊金山共修處成立於二〇〇三年；歷經多年租借場地的漂泊，在二〇一四年於Fremont購入一教堂，並做了整修工作，法鼓山舊金山道場終於在二〇一五年五月正式開光啟用；距離聖嚴師父一九七五年初履舊金山的土地，整整度過了四十年的歲月。

聖嚴師父是在二〇〇九年的二月示寂。時隔近十五年，《他的身影2》拍攝團隊無論去到任何國度、城市，尋訪師父的身影，都可聽到「師父的肉身雖然不在了，但是師父留下的法，卻是一直都在，且無所不在」這句話在耳邊繚繞不去。

的確，僅是北美的美加兩國，自二〇〇九年之後，多倫多、新澤西、洛杉磯、舊金山、西雅圖等地的道場，如雨後春筍之勢，紛紛拔地而起。遠在泰國、馬來西亞都已有分支道場建立，甚至英國、克羅埃西亞，也都有師父的法子所創設的禪堂；此外，遠在俄羅斯、瑞士、波蘭、東南亞、澳洲、墨西哥，也都在有心人的願力發足後，將師父辛勞播下的漢傳禪佛教的種子發芽萌生，開枝散葉，紛紛擔下了承先啟後的重責大任。

《他的身影2》的十四集紀錄影集，即將展現在世人面前的紀實與風景，就是菩提道上每棵菩提樹所結下的豐美果實，此一生命的律動與循環，正如聖嚴師父所說的：「世間事無非緣起緣滅的幻境幻相，可是，菩薩成佛就要在幻生幻死的眾生群中，廣結善緣，做大佛事，所以虛雲老和尚要說『空花佛事時時要做，水月道場處處要建』無論諸佛國土，或者法鼓山正在提倡的人間淨土，都因眾生而設，只要眾生需要佛法，我們一刻也不能懈怠。」

此時要向協助協助《他的身影2》拍攝的所有海內外法師、菩薩們合十頂禮，如果沒有各位無私的奉獻與付出，我們團隊不可能在極其倉促的時間裡，以及複雜的國際局勢中，順利無礙的完成如此龐大的計畫。

最後，謹以《他的身影2》的片頭曲「度」的歌詞所云：「彼岸不再路迢迢，只因遠處就是家；彼岸不再路渺渺，只因度我就是他」，來獻給所有的讀者與觀眾。

我們真是何其幸福啊！只因我們都擁有度化我們的聖嚴師父，以及釋迦牟尼佛！

CH'AN MEDITATION CENTER
PRIVATE PROPERTY
NO TRESPASSING
90 31

1

2

3

4

5

1. 聖嚴師父與信眾在紐約東初禪寺前的合影。

2. 聖嚴師父帶領禪眾在象岡道場進行經行。

3. 果元法師在象岡道場帶禪2。

4. 禪眾隨法師在象岡道場外經行空拍圖。

5. 常華法師陪同團隊紀錄東初禪寺的擴建現況。

1

2

3

1 與法師在舊金山道場前的合影。

2 新澤西道場當地資深信眾合影。

3 在洛杉磯道場與常悅法師合影。

4

5

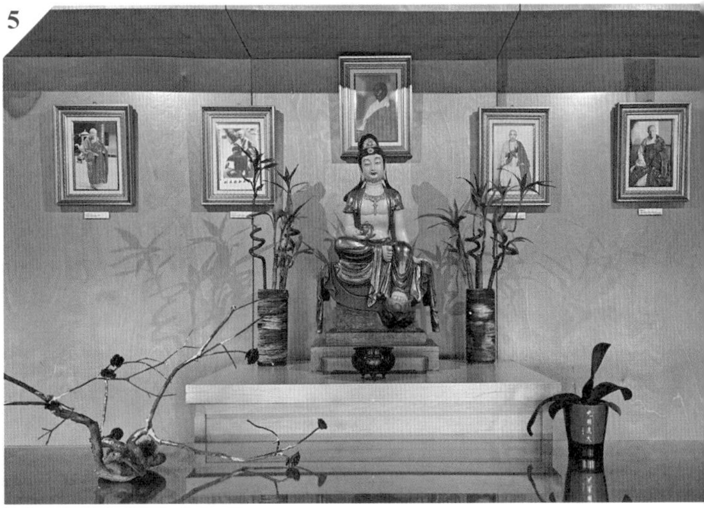

4 聖嚴師父的法子吉伯·古帝亞茲於洛杉磯道場演講。

5 紐約象岡道場法鼓山法堂中牆上掛著法鼓山法統，也記載了由東方傳法至西方的精神永存。

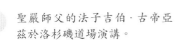

新人間429

覺：尋師身影不是夢——緬懷聖嚴師父圓寂15週年

作者—張光斗
主編—林正文
校對—林秋芬
行銷企劃—鄭家謙
封面設計—沈家音
美術編輯—魯帆育

董事長—趙政岷
出版者—時報文化出版企業股份有限公司
108019 臺北市和平西路三段二四〇號七樓
發行專線—（〇二）二三〇六六八四二
讀者服務專線—〇八〇〇二三一七〇五
（〇二）二三〇四七一〇三
讀者服務傳真—（〇二）二三〇四六八五八
郵撥—一九三四四七二四時報文化出版公司
信箱—一〇八九九　臺北華江橋郵局第九九信箱

時報悅讀網—http://www.readingtimes.com.tw
法律顧問—理律法律事務所　陳長文律師、李念祖律師
印刷—勁達印刷有限公司
一版一刷—二〇二四年九月二十七日
一版二刷—二〇二四年十月二十三日
定價—新台幣四五〇元
缺頁或破損的書，請寄回更換

時報文化出版公司成立於一九七五年，
並於一九九九年股票上櫃公開發行，於二〇〇八年脫離中時集團非屬旺中，
以「尊重智慧與創意的文化事業」為信念。

覺：尋師身影不是夢／張光斗著. -- 初版. -- 臺北市：
時報文化出版企業股份有限公司，2024.09
面；　公分
ISBN 978-626-396-816-5（平裝）

229.386　　113013807

ISBN 978-626-396-816-5
Printed in Taiwan